CHRISTOPHE KLOTZ

LE CHANT DES PIERRES

Petites histoires
pour regarder le monde
en relief

© 2015 - Christophe Klotz
Edition: BoD - Books on Demand
12/14 rond-point des Champs Elysées, 75008 Paris
Imprimé par Books on Demand GmbH, Norderstedt, Allemagne
ISBN : 9782322019960
Dépôt légal: juillet 2015

REMERCIEMENTS

Je remercie toutes les personnes auxquelles j'ai confié
les épreuves de mon livre. Elles m'ont apporté
une critique constructive et je tiens à les associer
à la parution de cet ouvrage :

Catherine Laurent, Ghislaine Caquinot,
Anne Bouffard, Christiane Heinz,
Marie-Thérèse Klotz, Nathalie Raynaud,
Didier Le Stir, Patricia Siffredi, Annabelle Beaupuy,
Joëlle et Fabien Caspar,
et tous ceux qui m'ont fait part de leurs suggestions.

Un grand merci également à mes parents,
André et Marie-Thérèse KLOTZ, qui m'ont toujours
soutenu dans mes élans artistiques, notamment
la sculpture et l'écriture.

Sommaire

An de grâce 3851 du calendrier néo-religieux « catho-lithique ». Contrairement à ce que les savants catastrophistes de l'ancien temps prédisaient, ce n'est pas l'enfer sur terre. Mais ce n'est pas le paradis non plus. Les hommes ont évolué sans vraiment changer. Il y a quelques siècles déjà, une partie d'entre eux s'est même émancipée de la terre pour errer dans les étoiles grâce à une technologie de pointe basée sur les nano-combustibles. Les autres ont décidé de rester sur terre ou peut-être n'ont-ils simplement pas été conviés au voyage céleste réservé à la nomenklatura d'alors.

Après de multiples catastrophes climatiques et de guerres pour se disputer les ressources restantes d'une planète qui n'avait plus rien de bleu, les hommes ont été contraints de vivre simplement. La technologie des survivants de ce radeau stellaire, par rapport à la gabegie des années précédant les cataclysmes de l'anthropocène[1], semble bien précaire, mais ce n'est qu'une apparence…

L'Homme, qui a vu sa population réduite à portion congrue, a eu le temps de méditer ses erreurs et trouver

---

[1] Anthropocène : époque géologique durant laquelle l'homme est le facteur majeur de la transformation de la terre.

un mode de développement plus en phase avec la nature. Aujourd'hui, la terre redevient lentement verte, et pour tout observateur des temps passés, ses habitants auraient ressemblé à de simples paysans. Mais en réalité, cette population jouit d'un grand bien-être et d'une technologie très avancée.

La science est devenue moins invasive et s'est intégrée à la nature. Quelques exemples étayeront mieux mon propos : après de nombreuses mutations, certaines plantes fournissent une sève qui a les propriétés du sang pour les transfusions ; les vers à soie produisent un fil qui a les caractéristiques de l'acier et la légèreté de la toile d'araignée ; il existe des ordinateurs organiques constitués de végétaux vivants…

Améliorer la vie humaine est devenu la préoccupation majeure de cette nouvelle société et l'on y évalue d'ailleurs la valeur produite en termes de bien-être[2].

On ne vit pas spécialement vieux, on ne trouve pas forcément de biens à profusion. Mais on est heureux. Enfin on essaye... L'idée du bonheur des uns n'est pas forcément celle des autres…

Dans les petites villes, il y a des écoles et chaque enfant reçoit une solide éducation. Cette société, comme toutes celles qui la précèdent, chérit et rend hommage à ses racines. Aussi d'anciennes traditions subsistent-elles depuis les années sombres des purges et des autodafés informatiques.

Disques magnétiques holographiques, supports

---

[2] L'indicateur du Bonheur National Brut (BNB) a été préconisé par le roi du Bhoutan en 1972 et est actuellement utilisé pour mesurer le développement de ce pays par ses autorités.

mémoriels synthétiques ou organiques avaient été brûlés lors des révolutions religieuses des Thechnoclastes, il y a près de mille ans. Durant ces années sombres, un groupe d'hommes s'était réuni pour faire subsister la science et la culture humaine à travers le renouveau d'une ancienne religion druidique vénérant les pierres. Pour éviter toute destruction de leurs écrits, ils avaient inventé une langue nouvelle, basée sur des signes cabalistiques gravés sur des cailloux. Ces cailloux, taillés de manière à imiter l'érosion naturelle, passaient inaperçus aux yeux des profanes et donc, des Thechnoclastes. Les initiés se transmettaient les secrets de la taille des pierres et de leur langage afin de perpétuer le savoir du genre humain.

Aujourd'hui, en cette époque de renaissance culturelle, les druides enseignent ouvertement leurs connaissances scientifiques à tous, mais aussi les contes du passé, pour le plus grand bonheur des enfants.

Comme à chaque fin de cycle scolaire, les élèves qui le souhaitent vont avec leur maître écouter les pierres qui chantent dans la « caverne monde » du druide. Vêtus chaudement, ils gravissent une montagne aux flancs abrupts pour aller à la rencontre du passé.

C'est ici que commence mon histoire.

Il y a déjà plus de quarante ans, l'un de ces élèves pas très dégourdi, c'était moi…

Devant une caverne bordée de quelques arbrisseaux nous attendait un druide, vêtu d'une tunique en pure laine vierge, tenant dans sa main une crosse de bois naturellement tourmentée. Ses cheveux étaient blancs comme la neige de la cime des montagnes, son regard perçant comme celui de l'aigle cherchant sa proie, et ses mains noueuses comme les racines d'un vieil arbre qui se cramponne à la montagne pour survivre.

Nous étions impressionnés par sa physionomie fine, sa haute stature et sa voix qui semblait venir du fond des temps.

Le vieil homme nous fit signe de le suivre dans une caverne creusée par l'érosion millénaire d'une ancienne rivière asséchée qui courait sous la montagne.

Le calcaire qui s'était dissout dans l'eau durant des millénaires avait tapissé le fond de son lit et celui-ci ressemblait à présent à un toboggan sinueux qu'un créateur de jeu de fête foraine fou aurait taillé dans la pierre tendre. Sur le bord du cours d'eau asséché étaient disposées de grandes jarres remplies de cailloux de toutes formes. Ils étaient ronds, ovales, triangulaires, aux angles pointus ou arrondis. En fait, la plupart avait une forme patatoïde, si bien que rien ne les distinguait d'un galet de rivière. Ils étaient tous traversés de profondes fentes dont on ne pouvait savoir si elles étaient le fruit de la nature ou de l'homme. Le druide s'avança et nous dit :

« Vous êtes là pour apprendre le langage des pierres et être les gardiens de notre histoire, enfin pour ceux qui le souhaiteront. Nos anciens, voilà plus de mille deux cents ans, ont consigné par écrit leur savoir et notre histoire en taillant et en gravant des pierres. Ils ont fait cela pour les soustraire à la tyrannie religieuse de cette époque sombre. Chaque pierre a une forme spécifique et lorsqu'on la jette dans la rivière sèche, elle roule jusqu'au point le plus bas en émettant des sons divers. »

Il en jeta une pour nous montrer l'effet obtenu : « *Ting clac, tic tic tic clac, tac ping tic, taclic cling...* ».

« Ces sons, tout comme les chants produits par les tourne-fix magnético-luminescents modernes dont raffolent les jeunes, nous racontent une histoire écrite par nos prédécesseurs et préservée sur ces roches. Un sage antique, d'avant les grands bouleversements de l'anthropocène, a dit : " L'imagination est plus importante que le savoir. " Il s'appelait Einstein.

Je vais donc vous conter quelques fables de cette période lointaine pour que vous vous familiarisiez avec cette langue. Nous pourrons ensuite, pour les plus courageux, passer à l'étude des sciences. »

Le druide prit une pierre et la jeta dans le lit de la rivière souterraine. Puis, on entendit un long bruit fait de cliquetis et de claquements, accompagné de perceptibles silences lorsque la pierre rebondissait plus haut, comme une phrase avec ses ponctuations, comme un chant avec ses refrains. « *Clic cling... clac pling, ploc cling, tac pac ting...* ». Cette musique lithique étonnamment harmonieuse était entourée de chœurs. En effet, les échos de la caverne répétaient, dupliquaient, amplifiaient les sons.

Et le druide, concentré, les sourcils froncés, l'oreille tendue et les yeux fermés, se mit à interpréter le chant de la pierre…

Les histoires qui suivent, cher lecteur, sont en fait la transcription la plus fidèle qui soit de ce que le druide nous raconta ce jour-là. En revanche, mon vocabulaire n'étant pas à la hauteur de l'éloquence de ce conteur au savoir immense, je vous prie de pardonner le côté parfois lapidaire de mes histoires écrites à la sauvette sur un bout de papier.

Pour d'obscures raisons dont je vous parlerai peut-être ultérieurement, on ne me permit pas d'apprendre cette langue pourtant si belle et si poétique…

◊

La première pierre, jetée par le druide, ressemblait à un poisson mal dégrossi. Peut-être était-ce un hasard, mais l'histoire qu'elle nous conta était celle d'un pêcheur…

Le pêcheur

Un matin, dans la campagne verte et fleurie de la fin du printemps, un pêcheur allait s'adonner à son passe-temps favori. En roulant dans sa voiture, il se remémorait avec délectation sa dernière pêche. Cinquante truites sorties de la rivière en une demi-journée ! Il était aux anges. Mais son amie ne l'entendait pas de cette façon. Elle lui demandait d'arrêter le massacre. Qui aurait pu manger tous ces poissons ? Il y en avait trop ! À qui les donner ? Dans son filet qui trempait dans l'eau, la moitié de ses prises étaient déjà mortes...

Sa vieille 4 L blanche, compagne d'une vie de débauche campagnarde, s'arrêta sur le bord de la route près d'un petit étang calme, perdu dans la nature foisonnante. L'homme sortit, le pas lourd et pataud, comme si ce mastodonte au corps rondouillard s'éveillait avec le jour naissant.

À son approche, les oiseaux se turent : un prédateur investissait leur petit havre de paix. L'homme au visage rougeaud saisit une canne à pêche en bambou et une valisette en bois dans son auto.

À présent tout à fait éveillé, d'un pas certain, il se rapprocha du trou d'eau enserré dans son écrin émeraude. Ses pieds chassaient les sauterelles qui, comme des dauphins, sautaient hors des vagues d'herbes courbées par le vent en devançant l'intrus.

Cette image furtive lui rappela sa jeunesse, quand il allait avec son père, un riche armateur qui par la suite fit faillite, pêcher le requin en mer des Caraïbes. Ils dépassaient toujours les quotas autorisés, non pour se faire de l'argent, mais pour atteindre ce pic d'adrénaline que procurait la pêche au moment où le poisson mord, cet électrochoc que l'on reçoit lorsque la canne tressaille pour la première fois, ce plaisir de posséder gratuitement un poisson volé à la mer. Chasser, avoir sans payer, accumuler par plaisir, telle était son obsession.

Il pensa qu'il avait eu bien raison de s'en être donné à cœur joie. À présent, ce ne serait plus possible. Les poissons se faisaient rares dans cette zone. Et puis cela avait permis, sans frais, de nourrir Brutus et César, leurs deux rottweilers.

Des gouttes de sueur perlaient déjà sur son visage bouffi, ravagé par l'alcool, et se mélangeaient à la rosée du matin provoquée par la brume qui enveloppait encore le val endormi. On n'entendait aux alentours que son souffle court qui rappelait le bruit d'une locomotive à vapeur en fin de vie. La technologie humaine pénétrait la sérénité de la nature...

Après une brève marche, il était sur le point d'arriver à l'étang, se frayant un chemin à travers les hautes herbes et les ronces qui semblaient vouloir protéger ce sanctuaire.

Déjà par le passé, avec Paulo son pote de toujours, ils parcouraient les champs et les bois à la recherche de trous d'eau poissonneux afin de faire leur razzia. Tout cela pour se vanter devant les gars et les filles du village de leurs nombreuses prises.

C'était à cette même saison qu'ils étaient allés pêcher la carpe. Mais ce printemps-là était plus chaud que les autres. Il fallait se désaltérer ! Alors ils avaient acheté à l'épicerie du coin six bouteilles de rosé premier prix et un pack de vingt-quatre bières pour la soirée. Comme lui, le Paulo, avait une bonne descente !

Ils avaient pris la voiture un peu avant minuit pour pêcher à la lampe. Quatre des six bouteilles de vin étaient déjà vides lorsqu'ils partirent !

La suite de l'histoire est moins claire dans les souvenirs de notre pêcheur. Une fois sur place, tous deux avaient marché dans la campagne, un peu éméchés, jusqu'à trouver un étang. Ils ne savaient pas où ils se trouvaient mais lorsque le jour reviendrait, leur chemin se dévoilerait à leur esprit désembué des vapeurs d'alcool. Tout en pêchant, ils discutaient de leurs exploits passés, faits de belles prises et de beuveries mémorables. La cinquième puis la sixième bouteille de rosé passèrent dans leur gosier sans qu'ils aient le temps de les savourer. Ils entamèrent le pack de bière. C'est sans doute là que Paulo glissa dans le trou d'eau. Son compagnon ne se souvenait plus exactement : était-ce en se retournant pour prendre une bière ? ou en jetant sa cannette à l'eau ?

Il ne put rien faire tant il était saoul. Son premier réflexe avait été de fuir devant son impuissance et sa culpabilité. Puis il tenta de rejoindre sa voiture pour prévenir d'hypothétiques secours. Lorsqu'il arriva au véhicule, il faisait déjà jour et son ami était mort depuis plusieurs heures, comme l'affirma plus tard le médecin légiste. Bah, après tout, c'était de sa faute à ce con. Il était adulte, c'est le destin.

« Enfin, c'était tout de même les bonnes années », pensa-t-il tout en s'asseyant seul sur un tabouret pliant qu'il sortit de la caissette.

Notre pêcheur était enfin arrivé à destination. Il jeta dans l'eau un appât à base de farine. Puis, il déplia sa canne à pêche et y attacha un ver de terre récupéré dans le fumier de son jardin. L'homme semblait pressé comme si le temps lui manquait pour remplir sa besace de poissons. Assouvir son besoin de chasseur mobilisait à présent tout son esprit. Il jeta le bouchon dans l'onde sereine qui se troubla un instant avant de redevenir lisse, reflétant la nature comme un miroir.

L'image du pêcheur tenant sa canne se stabilisa sur l'eau. Sa tête était gonflée, ses yeux brillaient d'impatience et d'envie. Il se réjouissait déjà de sa première prise. Son reflet semblait prendre peu à peu vie dans ce miroir naturel. Son visage esquissait un rictus de plaisir qui, adjoint à son regard agressif, laissait transpirer ses intentions carnassières. Plus il s'agrippait à sa canne, plus son image l'imitait. Comme un mime moqueur qui singe les passants dans la rue, elle répétait chacun de ses menus gestes. Cramponné fébrilement à sa prothèse de bambou, il attendait le moment fatidique où sa proie mordrait à l'hameçon. Tout son corps était à présent tendu vers un seul objectif... capturer sa proie.

Comme deux porte-flingues en duel, face à face, prêts à dégainer, le pêcheur et son reflet se fixaient.

Tout à coup, le bouchon, au lieu de plonger sous la surface, fit un petit bond hors de l'eau. Première touche. Puis un deuxième bond plus important. Enfin un dernier, plus haut encore !

Et avant que notre pêcheur crispé n'ait pu réagir, son image tira sur sa canne à pêche et l'entraîna dans l'onde froide de l'étang !

Plus personne ne le revit jamais...

◊

Le druide regarda dans l'une de ses jarres à moitié vide. Le feu des torches éclairait son visage pensif, les sourcils froncés et les yeux exorbités. Cela lui donnait des airs de démon fou. Seule, dans le fond de la grotte, une pâle lueur trahissait encore le jour extérieur qui marquait la sortie comme un phare lointain dans la nuit. Il piocha trois autres pierres. On eut dit qu'il réfléchissait à l'histoire la plus intéressante, voire la plus angoissante, à raconter aux adolescents qui l'écoutaient attentivement, captivés et effrayés par le personnage.

Le caillou qu'il choisit de lancer n'avait pas de forme particulière. Il était moins arrondi, ses angles étaient plus saillants.

Mais écoutez plutôt l'histoire qu'il nous raconta…

Vécu par nos idées ?

La pierre nous révélait les réflexions d'un écrivain ou d'un poète des temps passés...

Un matin, comme je manquais d'inspiration, je conspuais les dieux lorsque tout à coup mon stylo se mit à écrire tout seul. Pris d'une frénésie que je ne lui connaissais pas, je ne pouvais que m'accrocher à lui sans le lâcher, tout en lisant ce qu'il écrivait...

« Idée, je suis née du fond des temps, d'une expérience provoquée dans l'esprit animal de la nature. Je suis le bon ou le mauvais, le beau ou le laid. J'ai évolué dans vos consciences pour devenir la justice ou l'injustice, le normal ou l'anormal. J'engendre l'amour, la haine, la pitié, la compassion et bien d'autres sentiments de l'arc-en-ciel de vos pulsions primaires.

Moi et mes avatars passons d'esprit en esprit, virus de l'intelligence. Épidémie spirituelle, nous nous transmettons comme la peste. Aucun de vous n'échappe à cette maladie contagieuse.

Les idées protéiformes du bien et du mal, mes deux grands enfants chéris, vous bouleversent à tout instant de la vie. Ils hantent le manoir secret de vos pensées comme de vieux fantômes qui agitent leurs chaînes dont ils se servent pour vous asservir. Attachantes chimères qui vous épouvantent ou vous rassurent.

Ces idées s'enchevêtrent les unes avec les autres dans un canevas complexe d'où naissent religion, justice, politique...

Les humains par lesquels nous transitons s'animent comme les marionnettes d'un théâtre pour enfants. Secoués de spasmes, ces morts-vivants pleurent, rient. Leur visage s'illumine puis s'éteint comme les lumières d'une guirlande de Noël traversée par un courant alternatif.

Les hommes vivent et meurent pour nous. Les idées de liberté et de justice les transportent sur des champs de batailles perdues d'avance. La passion les consume et les enivre de joie ou de colère lorsqu'ils luttent pour nous défendre.

Et dans cette grande pièce de théâtre que Balzac intitulait *La Comédie humaine*, vous jouez votre rôle les yeux bandés, traversés par des courants politiques et religieux qui donnent une raison à vos pitoyables vies.

Celui qui écrit ce texte, mu par une muse malicieuse, n'est pas plus maître de son stylo que vous de vos pensées...

Ivres de moi, les humains s'aiment, se portent secours, s'insultent, se tuent. Et comme un microbe acharné, je me propage d'hôte en hôte. Les gens d'une même contrée se partagent les mêmes idées qui deviennent leurs valeurs et leur culture. Je transite par le langage et j'induis des comportements de masse.

N'avez-vous jamais attrapé l'accent d'une région ? Ce n'est que le sommet de l'iceberg, la trace laissée par un ensemble d'idées communes dont vous n'êtes que l'humble support ! Ça y est, vous en avez conscience ! Vous savez que vous êtes possédés par les idées !

Ça fait quel effet d'être mon jouet préféré ? N'est-ce pas, très cher lecteur ?

Je survis à votre mort, consignée dans vos livres, à l'abri des affres du temps.

Vous me sauvez car je suis votre substantifique moelle. Je vous façonne à mon image, je vous dépasse dans l'esprit d'équipe et de nation.

J'évolue, je me transforme, je me métisse, mais toujours je survis…

C'est le vent des idées nouvelles et les courants anciens qui font avancer les barques de vos vies dans les méandres du temps.

Sans moi, vous vous éteignez comme une flamme sans oxygène…

Sauriez-vous vivre sans l'idée d'espoir ? »

◊

Nous fîmes une courte pause pour discuter du dernier récit conté par les pierres. Certains auditeurs étaient assez déboussolés par cette histoire. On discuta longuement et chacun y allait de son avis… Les premiers objectaient que l'homme était le créateur de ses pensées, qu'il avait le choix de ses actes et non l'inverse ! D'autres soutenaient que seules ses pulsions guidaient l'être humain. Et enfin, les derniers trouvèrent le récit intéressant et y adhérèrent en partie. Mais je crois qu'en son for intérieur, aucun de nous ne souhaitait vraiment accorder trop d'importance à l'hypothèse que nous étions des marionnettes aux mains des idées.

Lorsque le brouhaha des discussions s'estompa, le druide saisit un galet de grès rose tout rond et le jeta dans le lit de la rivière pétrifiée. Une autre histoire commençait…

Le Nirvana

Nous étions en l'an 642. En ces temps reculés où se mélangeaient histoires et légendes, les préceptes de Siddhârta Gautama se diffusaient largement dans le sous-continent indien.

Trois amis, qui voulaient atteindre la sérénité suprême, s'étaient associés dans cette noble quête. Durant leur jeunesse, ils avaient écouté attentivement l'enseignement d'un moine dans leur petite ville de Ghansor. C'était un homme sans âge, à la figure ridée et à la peau tannée par le soleil. Son visage, vieilli par une rude vie, était affublé d'une longue barbe blanche mais possédait de petits yeux vifs et rieurs qui marquaient la jeunesse de son esprit. Il était assis en tailleur sous un arbre, le port altier, et son costume de toile bleue, élimé lui-même, semblait habité par la sagesse.

Ce vieillard, qui inspirait le respect, avait une renommée qui s'étendait bien au-delà de la région. Les villageois lui faisaient des dons non négligeables qui lui permettaient de vivre dans de très bonnes conditions. Il les partageait volontiers avec les pauvres de son entourage. Cela ne faisait qu'augmenter l'estime que les gens lui portaient. Une multitude de jeunes indiens l'enviaient car il avait su se faire reconnaître de tous et ne vivait plus dans le besoin, comme beaucoup d'entre eux.

Parmi les jeunes gens qui voulaient être ses disciples, un grand nombre n'était pas intéressé par ses préceptes mais par les gains envisagés, même s'ils ne l'admettaient pas eux-mêmes. Lorsqu'on veut devenir roi, on le fait toujours pour le bien du peuple. N'est-ce pas ?

Nos trois amis étaient de ceux-là. Et, comme un parieur qui s'imagine que l'on peut jouer un cheval de course à l'arrivée, ils pensaient que cet homme disposait, de tout temps et sans effort, de cette condition avantageuse, et que la sagesse se transmettait comme une maladie bénéfique.

Lorsqu'ils vinrent présenter leur requête au moine, celui-ci les éconduit en leur disant : « Ce n'est pas parce que l'on s'abreuve à la source de la sagesse que l'on est prêt à profiter pleinement de ses bienfaits. Boire mes paroles n'est pas suffisant. Revenez lorsque vous serez en de meilleures dispositions. »

Ils ne comprirent pas les paroles du vieux moine mais continuèrent à écouter les conseils avisés que celui-ci donnait en public sous son arbre.

Puis, leurs vingt ans arrivés, enivrés par les idées prometteuses d'une vie de pureté (et surtout d'oisiveté), ils s'étaient décidés à prendre la route vers le sud et à vivre en vrais moines afin de trouver la voie en mendiant de porte en porte.

Mais ils ignoraient que le chemin serait long et semé d'embûches...

Nos trois « prétendants Bouddha » rencontrèrent le Roi Singe[3] dans la jungle indienne de Pench[4], au détour d'un chemin qui menait à un petit village sans nom, perdu dans les feuillages épais de la forêt primaire.

Le Roi Singe était un être doué d'une grande puissance magique, à l'égo démesuré et à l'intelligence plus vaste encore ! Il avait fait les quatre cents coups, tant dans le royaume terrestre que dans le royaume céleste, et plus d'une divinité avait eu à pâtir de son espièglerie. Celui qui avait un peu de culture (contrairement à nos trois compères) savait que le mieux pour un simple humain était de passer son chemin sans se retourner. Notre macaque avait quelque chose de Maître Renard conjugué au Dieu Viking Loki, mais avec une pointe de moralité depuis qu'il était aiguillonné par les préceptes boudddhistes.

Le singe les écouta professer doctement leurs rudimentaires connaissances puis, une fois sur la place centrale du petit village, il leur fit une proposition. Il leur dit : « Prouvez-moi que vous êtes de vrais

---

[3] Le Roi Singe est un personnage mythologique chinois. On le retrouve dans *Le Voyage en Occident*, roman de Wu Cheng'en. Dans ce roman, le Roi Singe est premier disciple du moine Sanzang. Il est chargé de partir en Inde pour rapporter en Chine les écritures sacrées du Bouddha.

[4] Le parc national de Pench a inspiré Rudyard Kipling pour son célèbre roman *Le Livre de la jungle*.

sages comme vous vous en vantez ! Car je cherche l'homme qui saura me montrer le chemin vers la félicité et la vie éternelle. Pour arriver au Nirvana, comme vous le savez, il faut se détacher de tout. »

Il poursuivit : « Si vous parvenez à éteindre tous vos désirs, je serai votre esclave pour l'éternité. Dans le cas contraire, vous devrez me servir pour la vie. »

Les habitants du petit village se massaient autour de ces nouveaux venus aussi pittoresques que bizarres. Pensez donc ! Un homme singe discutant avec trois moines. Personne n'avait jamais vu dans cette contrée perdue pareil tableau.

Devant le public, ne pouvant renoncer, le premier à relever le défi fut le plus âgé. Il faut dire que le pari ne semblait pas impossible à tenir. Le village n'était composé que d'une cinquantaine de maisons, d'une petite échoppe et d'une sorte de relais qui préparait également des repas pour les ouvriers travaillant à l'édification d'un temple, non loin de là. Cet établissement offrait également quelques chambres miteuses aux voyageurs de passage. Les femmes étaient usées par le travail, et l'alcool que servait l'auberge était réellement mauvais. Peu de tentation en l'occurrence...

Un certain temps passa sans que l'homme ne se laisse attirer par les joies enivrantes de la vie, et il consommait avec parcimonie les fruits qui passaient à sa portée. Mais l'ennui, dans ces petits villages de la jungle, est un ennemi puissant pour ceux qui sont habitués au tumulte de la vie d'une ville plus importante. Le manque d'activité intellectuelle et de divertissement, ainsi que la pluie incessante, eurent raison de son moral.

Un soir plus triste que les autres, il se perdit, tenté par le mauvais alcool qu'on servait dans le seul petit tripot du centre-ville. Saoul comme cochon, il tomba nez à nez avec le Roi Singe qui n'avait pas cessé de le surveiller. Ainsi, il devint le serviteur dévoué du divin animal.

De ses deux amis, le plus âgé, qui avait suivi un régime strict pour le soutenir durant cette épreuve, pensait que sa faiblesse habituelle l'avait perdu. Déjà jeune, il était instable et manquait de rigueur dans ses entreprises. Confiant, le deuxième compère releva le pari que le singe lui lança.

Il ne vit pas passer les premières semaines tant il était certain de réussir. Mais un jour, sur le marché qu'il aimait fréquenter, il croisa un beau regard féminin qui lui parut plus intense que les autres. Puis, il vit comme les fruits de l'été semblaient gorgés de sucre et appétissants. Même le vin de l'auberge du centre, dont on sentait les effluves jusque sur le pas de la porte, ne lui semblait plus aussi infâme que dans ses souvenirs.

Bientôt, au sein de sa certitude, couvé par le soleil de saison et le sourire des femmes, naquit un doute. Un tout petit doute de rien du tout qui s'était implanté insidieusement au printemps et qui commençait à présent à germer dans son esprit.

Petit à petit, les racines de cette plante machiavélique s'immiscèrent entre les pierres de sa forteresse de volonté. Elle était de ses arbres qui démontent les ruines ancestrales en repoussant les blocs de granit les uns après les autres jusqu'à faire disparaître les traces de civilisations entières. Puis, l'arbre fleurit et le doute laissa place à l'envie. L'envie de jouir de la vie comme tous les jeunes hommes de son âge. Envie d'une fête bien arrosée, entre amis. Envie de se goinfrer de fruits onctueux, de pâtisseries délicieuses. Mais il ne pouvait profiter d'aucune de ces choses !

Peu à peu son ami le vit se flétrir, devenir taciturne. Sa joie de vivre le quitta. Il avait du mal à se lever le matin et ses journées lui semblaient longues et ennuyeuses à mourir. Bientôt, il ne trouva plus le sommeil. Il ne savait pas comment mettre fin à cette épreuve. Plus il y pensait, plus son angoisse augmentait, plus son moral baissait et plus il était attiré par les plaisirs de la vie. Cela devenait une vraie torture spirituelle. Il rêvait de repas abondants, de femmes magnifiques, de boissons délicieuses et de toutes les joies que la vie peut réserver à un homme. Il parlait de festin en dormant et se réveillait en sueur sur sa couche de paille. L'angoisse lui étreignait la gorge et lui faisait perdre le sommeil et le sens des réalités. Lorsqu'il allait au marché acheter quelques légumes, il imaginait dans son délire que ses mains allaient voler toutes seules des denrées exquises ou caresser les fesses des jeunettes qui passaient à proximité. Il songea même alors à se ligoter les poignets !

Puis, au détour d'une maison, tout bascula. Il vit le singe, source de tous ses tourments, qui, comble de l'ironie, paradait avec son malheureux ami en laisse, l'exhibant comme un chien docile et obéissant. C'en était trop pour un esprit à la dérive. La solution qu'il trouva fut pour le moins radicale. Il mit fin à sa vie, ce qui l'empêcha d'être tenté et de devenir l'esclave du singe.

Enfin, le macaque, sentant sa victoire proche, demanda à voir le dernier des trois «sages» devant une cour formée d'une grande partie des villageois qui semblaient, désormais, lui être acquis. L'Homme est un animal qui bien souvent adore se réjouir du malheur de son prochain. Rien de tel pour souder un groupe ! Tous avaient bien compris la mauvaise farce du primate et la façon dont les trois imposteurs s'étaient fait prendre à leur propre jeu. Ils attendaient à présent avec impatience l'acte final du spectacle.

Bientôt, le dernier des jeunes moines, poussé par la populace moqueuse, ne pouvant plus se défiler, se résigna à se présenter devant la divinité triomphante.

« Alors, toi le plus hésitant, le plus distant et peut-être même le plus lâche des trois, sauras-tu me montrer comment atteindre la félicité ultime ? » lui lança le Roi Singe.

Mais le jeune homme avait beaucoup appris de l'expérience de ses deux malheureux amis. Considérant que la sagesse était avant tout de connaître ses limites, il ne releva pas le défi et, à force de persévérance, devint un vrai sage.

◊

Le druide reprit son souffle et marqua un instant de silence, comme s'il voulait que nous puissions mieux nous imprégner de l'histoire écoulée. Puis, il s'avança pour choisir une autre pierre. Mais il se ravisa.

« Pourquoi ne pas faire participer les enfants ? » se dit-il. Il demanda alors aux jeunes auditeurs quelle pierre ils désiraient écouter. Marysa demanda qu'on entende un gros galet marron aux reflets dorés. Aussitôt, le druide le saisit et le fit rouler dans la rivière souterraine. Le bruit qu'il fit ressemblait à celui du galop d'une harde de chevaux.

Cette fois, la pierre nous conta une histoire familiale pittoresque mettant en scène un jeune homme observant sa famille d'un œil critique...

Les chevaux des steppes

J' avais un cousin qui avait fait de hautes études en économie sociale avant de se lancer dans une carrière administrative. Fort intelligent et pas en reste pour donner des leçons de morale lors des longs repas de famille interminables et ennuyeux. Il avait, en effet, comme beaucoup d'individus, les qualités de ses défauts. Si par moments il était brillant, d'autres fois, il s'embourbait dans son discours, obsédé par la seule volonté d'avoir raison. Le bon sens ne pouvait alors le freiner, tant il était imbu de lui-même.

Vous l'avez compris, mon cousin aimait se rendre intéressant à table. Et en ce soir de dîner familial où les verres tintaient et les bouteilles se vidaient les unes après les autres, il se sentait une âme d'historien et d'ethnologue...

Derrière le troupeau de mes ancêtres et de mes collatéraux qui bêlaient tous en chœur, la télé fonctionnait, créant un bruit de fond dynamique. Il s'agissait d'une émission sur les chevaux des steppes[5]...

---

[5] Une étude sur les chevaux des steppes a montré que la structure familiale de ces équidés avait changé avec la disparition du

La télé, parlons-en ! Élément central d'une famille bien composée (ou même recomposée). Il y a des gens qui ont un chat, un chien, et il y a ceux qui ont une télé comme animal de compagnie. On l'allume, on l'éteint, elle vous susurre des mots doux à l'oreille pendant le dîner, voire pour les plus accrocs, durant le petit déjeuner. Elle vous accompagne dans vos nuits blanches et vos soirées de célibataire. Elle vous instruit, vous abêtit, vous fait rire et souffrir, bref elle fait partie de votre vie comme le bruit de fond fait partie d'un concert de musique en live.

Mon cousin avait décidé, envers et contre tous, de parler de la maturité qu'avaient acquise nos sociétés modernes, preuve que l'homme était bien supérieur aux bêtes de bas instinct. Son public, un peu éméché, écoutait d'une oreille plus que paresseuse. Il y avait même beaucoup de pavillons auditifs qui s'évadaient, mettant les voiles vers des discussions annexes. Les plus téméraires s'orientaient carrément vers un autre interlocuteur, mais, politesse oblige, il restait bon nombre d'oreilles ensablées tournées vers notre monologueur en quête de célébrité.

Par-dessus le brouhaha ambiant des invités, et surtout celui du discours de l'orateur de la soirée, je saisissais quelques bribes du programme télévisé :

---

loup. C'est-à-dire avec la disparition du danger que représentait leur plus gros prédateur. Ils sont passés d'une organisation en harde, avec un mâle dominant, à une vie solitaire. Les mâles d'un côté et les juments avec leur progéniture de l'autre.

« *Les chevaux des steppes ont brutalement changé leur mode de vie...* »

Mon cousin continuait à parler de la société moderne qui avait su libérer et donner toute sa place à la femme. Très loin de certaines sociétés polygames primitives, de son point de vue...

La télé refaisait surface... « *Les chevaux se regroupaient en grande harde, avec un mâle dominant et un certain nombre de femelles et de petits, pour brouter dans les steppes...* »

Mon savant collatéral pensait, comme Kant, que l'histoire avait un sens. Il voyait dans la société moderne le résultat de l'évolution historique et sociale de l'Homme. Cela lui suffisait à expliquer comment les femmes s'étaient retrouvées à des postes d'hommes...

Et la télé reprenait : « *Le danger était constant car les loups sévissaient dans les steppes et seul un groupe puissant pouvait les tenir éloignés.* »

Les années 60 ont été un révélateur, affirmait mon cousin qui érigeait 1968 en année 0 de son calendrier personnel. Mais c'est la société industrielle du 19e et du 20e siècle qui a donné toute sa place à la femme, grâce à sa scolarisation et au dépassement des clichés religieux et sexistes.

Plus le discours s'enflammait et plus le journaliste et mon cousin semblaient se faire écho à travers la salle à manger.

« *Aujourd'hui*, continuait le reporter, *on ne trouve plus de groupe de chevaux dans les steppes mais uniquement des mâles solitaires et des femelles avec leur progéniture.* »

La pilule, la possibilité d'avoir un travail, la considération de la société... Tout cela et rien que cela avait permis l'émancipation, non pas seulement de la femme, mais de la société entière. Nous étions arrivés à l'âge de la majorité sociale. Chose que seule une évolution psychologique et philosophique pouvait entraîner.

De son côté, le journaliste avait une explication beaucoup plus triviale sur la chose : en effet, à la télé...

« *Les chevaux des steppes, n'ayant plus à craindre le loup qui a été décimé par l'homme, ont changé de comportement, et les cellules monoparentales sont apparues comme beaucoup plus adaptées...* »

Qui a encore peur du grand méchant loup ?

◊

Pour la pierre suivante, le druide hésitait. Comme un épicier qui choisit un fruit mûr pour un client, il prenait une pierre en main, la scrutait, la soupesait, l'observait à la lumière d'une torche, la reposait, puis recommençait avec une autre. Enfin, il se décida à prendre un caillou arrondi, de structure hétérogène comme le granit, avec une face moussue, et il le jeta dans la rivière. Bientôt, des bruits sourds alternèrent avec des bruits plus clairs dans la grotte, créant un rythme à deux temps.

Et le druide reprit son expression concentrée pour raconter ce que nous chantait la pierre…

L'univers dans une goutte de pensée

De la condensation de mes idées naît une goutte d'eau au sommet de ma boite crânienne. Elle tombe sur l'étendue calme de ma pensée et forme des cercles concentriques sur l'onde sereine.

Ces remous se transforment peu à peu en vaguelettes qui s'entrechoquent, se multiplient et grandissent pour devenir une forte houle. Les vagues de plus en plus élevées, poussées par le vent de l'imagination, forment des murs d'eau en dérivant vers les côtes, puis, un instant plus tard, se brisent dans un immense fracas brumeux sur les rochers noirs et luisants de mes certitudes.

Sur le rivage, ces rochers humides s'extirpent des flots pour devenir d'imposantes falaises qui se marient aux collines des plaines. Ces mamelons verts ondulent et grossissent en s'étendant vers l'intérieur des terres pour former les contreforts d'imposantes montagnes. Des montagnes qui se multiplient pour créer des chaînes vertigineuses aux sommets blancs immaculés où se perdent mes rêves dans les échos de mon imaginaire.

Au cœur de leurs glaciers naissent des ruisseaux qui bondissent de pierre en pierre, chutent du haut des falaises et dévalent les pentes neigeuses pour rejoindre les vallées et former des rivières bouillonnantes qui se fraient un chemin entre les collines verdoyantes de ma conscience. Elles joignent leurs forces pour créer des fleuves qui s'écoulent en esquissant de langoureux lacets à travers des bois qu'ils arrosent de leurs eaux limoneuses.

Ces bois s'étoffent petit à petit pour devenir des forêts touffues qui retiennent l'humidité et la chaleur. L'environnement tropical permet aux plantes d'atteindre des dimensions insensées au sein de la jungle luxuriante de mes pensées. Mais, même au cœur de cette forêt tropicale subsistent de petites clairières, comme autant de trous de mémoire, qui atténuent l'exubérance de mes idées.

Ces clairières se multiplient aux abords de la forêt d'émeraude. Leur densité s'accroît et elles s'unissent pour former de grands champs d'herbes vertes qui à leur tour se transforment en de vastes prairies où paissent de fougueux chevaux. Les prairies s'allongent nonchalamment sous le soleil pour donner de vastes steppes qui grandissent et s'assèchent en rampant vers le sud. Bientôt, elles font place à une savane, brulée par les rayons de l'astre céleste, qui meurt dans les dunes mouvantes de l'immense désert de mon inconscient.

Ce désert est parsemé d'oasis où se terrent de petits hameaux. Ces petits hameaux se densifient dans les zones moins arides et font naître des villages qui se marient ensuite entre eux pour devenir de grandes villes.

Les villes s'étendent comme un fleuve d'habitations pour former des ensembles urbains gigantesques où bouillonnent les idées innovantes véhiculées par les autoroutes du savoir, comme autant de synapses reliant ces constructions de fer et de pierre. De véritables mégalopoles qui couvrent une large partie de la planète et la font résonner de leur vie.

La planète bleue et ses sœurs tournent autour du soleil. Notre étoile, entourée de ses satellites, danse la farandole avec d'autres astres lumineux autour d'un trou noir pour former une immense galaxie. L'ensemble des galaxies, perçues d'un point lointain avec un télescope gigantesque, forme les contours d'un corps solide qui ressemble à un atome. Autour de cet atome gravitent des électrons. C'est un atome d'hydrogène. Il se combine dans une alchimie féérique avec des atomes d'oxygène pour donner naissance à une molécule d'eau.

Cette molécule dialogue avec d'autres pour former la goutte qui se condense au sommet de ma boîte crânienne... Puis elle tombe, faisant déborder le vase aux pensées.

◊

Le druide ne savait plus quelle histoire conter. Ou peut-être feignait-il son indécision ? Il demanda aux jeunes qui l'entouraient de lui proposer un thème. Miella demanda une histoire sur les terriens qui étaient partis dans l'espace.

C'est alors que le druide se souvint d'un conte qu'il appréciait énormément. Il trouva, au fond d'une des jarres qui entouraient le centre de la salle, un caillou calciné ferreux qui ressemblait à une petite météorite. Il le jeta dans le lit de la rivière puis s'immobilisa, à l'écoute du chant de la pierre…

La sélection naturelle

Le vaisseau spatial « Le Sauveur » avait pu se dégager de l'atmosphère terrestre juste avant la dernière guerre atomique qui était en train de ravager la planète entière. Quatre astronautes chevronnés, le capitaine Park Laurence, le sous-officier Smidkov Clark, la spationaute Isabelle Larue et la commandante en chef des armées Mado Douglas, étaient à bord avec deux autres passagers, Ludwig Schnitz et Corbin Lords, deux agents de nettoyage de la base qui s'étaient trouvés au bon endroit, par chance, et qui avaient pu monter avec eux.

Ils naviguaient tous les six vers la constellation d'Andromède où se trouvait, autour d'un petit soleil, une planète habitable que les télescopes géants en orbite avaient identifiée grâce à l'étude des gaz présents dans son atmosphère.

À bord du vaisseau la vie s'organisa. Les deux techniciens de surface faisaient le nettoyage et s'occupaient tant bien que mal des machines de survie qui étaient d'un entretien suffisamment simple. Ils étaient joviaux et ne se faisaient pas prier pour se mettre à l'ouvrage. Parfois un peu gauches, ils savaient malgré tout créer une atmosphère détendue.

Ludwig s'était confectionné un instrument de musique avec des outils trouvés à bord et Corbin faisait du tam-tam sur un tabouret, pour passer les soirées moroses de cette fin de monde où les passagers essayaient de recréer des veillées autour du feu virtuel de leurs souvenirs.

Ces deux quadragénaires rondouillards aux manières mal dégrossies auraient attendri n'importe quel être humain. Mais leurs amis de galère, éduqués et galonnés, étaient habitués à se sustenter dans des jeux un peu moins terre-à-terre. Ils ne rigolaient en soirée que pour mieux se moquer d'eux, dans l'intimité de leur cabine, tant ils étaient imbus d'eux-mêmes. La bêtise aussi avait survécu à la fin du monde...

Le vaisseau qui se dirigeait vers « la nouvelle terre », comme l'avaient baptisée les têtes pensantes du navire céleste, était très spacieux. Il avait été bâti en prévision d'un voyage de plusieurs années. Il avait la forme d'une longue fusée où se succédaient différents compartiments. Constitué comme une arche, il était composé d'une serre centrale avec des plantes et des animaux terrestres de tous horizons. Cette structure médiane était rattachée, à l'avant, à la cabine de commandement et, à l'arrière, aux salles de vie et aux salles techniques.

Les différents tronçons étaient hermétiques. Si bien qu'en cas d'incident grave, on pouvait faire le vide dans l'un d'eux sans détruire les autres. Cela pouvait servir à confiner un incendie ou à isoler une pièce dépressurisée avant de réparer une fuite. La serre elle-même était découpée en compartiments distincts, pour les mêmes raisons.

Après quelques semaines de navigation, le capitaine dût se rendre à l'évidence : il n'y avait pas assez de nourriture, d'eau et d'oxygène pour six passagers. Seules quatre personnes pourraient parvenir à destination. En effet, le ravitaillement du vaisseau n'avait pu être achevé avant le décollage en catastrophe.

Les quatre têtes pensantes, laissant à distance ceux qu'ils nommaient les deux « sous-doués », se regroupèrent pour décider de la marche à suivre...

« Il faut agir. Si nous restons tous les six encore une semaine ensemble à bord, tout le voyage sera compromis ! dit Clark.

– Mais que faire ? rétorqua Mado, nous ne pouvons tout de même pas demander à certains de se sacrifier...

– Comment envisager la survie de l'espèce humaine, c'est là notre mission ! affirma Isabelle.

– Il faut que deux d'entre nous donnent leur vie pour la communauté, réaffirma le capitaine Laurence.

– Allons-nous tirer au sort ? demanda Mado.

– Pour que l'espèce humaine survive, il faut prendre les meilleurs, affirma Clark, qui avait déjà une idée des deux élus. Nous sommes tous des as dans notre domaine. Et nous sommes jeunes. Les deux balayeurs du dimanche, eux, ont au moins 45 ans.

– Alors, une seule solution : s'en débarrasser ! continua Isabelle, qui en pinçait pour Clark.

– Mais c'est horrible ! dit Mado.

– Tu préfères faire ta vie avec eux ? » lança Clark ironiquement.

Un long silence gênant s'installa...

« Et que peut-on faire ?... Il n'y a rien de personnel. Il faut que les deux agents de nettoyage se sacrifient », dit Laurence d'un ton posé.

Un silence encore plus lourd et plus pesant s'abattit sur la petite troupe de conspirateurs...

Isabelle et Mado eurent vite fait de choisir entre deux vieux hommes pas très cultivés et de jeunes et beaux spationautes intelligents.

Les dernières réticences ébranlées, un plan fut échafaudé...

« Les filles, dit Laurence, vous allez tôt le matin gagner la cabine de commande. Nous, pour ne pas éveiller de soupçons, on fait semblant de se lever comme à l'habitude et prendre notre petit déjeuner à l'heure. Puis, au moment où ils entrent dans le compartiment de restauration, Clark et moi on va se cacher dans le vide-ordures, avec un inter-com pour communiquer. Il est étanche et ses 4 m³ d'air nous permettront de respirer quelques minutes.»

En effet, le vide-ordures était fermé par une porte étanche permettant une intervention manuelle pour débloquer un entassement de déchets qui aurait obstrué le sas. Les spationautes jetaient habituellement leurs ordures par une petite trappe fixée sur la porte elle-même.

« Lorsqu'on vous appellera dans la cabine de commande, vous ferez le vide d'air des compartiments arrière en ouvrant la porte de service n°23 située dans le compartiment qui sert de cuisine. Nos deux hommes seront attirés par le vide sidéral et vous refermerez les portes derrière eux. En quelques secondes, le tour sera joué ! Nous rentrerons dans la pièce une fois l'air rétabli. Ce ne sera qu'un mauvais moment à passer mais souvenez-vous, ce n'est que pour la survie de l'espèce… » expliqua Laurence en regardant amoureusement Mado.

Le lendemain, les deux femmes anxieuses s'enfermèrent dans le poste de commande. Leurs deux complices se cachèrent dans le vide-ordures de la cuisine. Au même moment, Schnitz et Corbin revenaient de la salle à manger. Ils avaient fini leur petit déjeuner. Ils jetèrent naturellement leurs détritus dans le vide-ordures. Celui-ci était apparemment plein puisque le voyant était au rouge…

Isabelle et Mado attendaient l'ordre à l'autre bout de l'inter-com. Le temps passait et le signal ne venait pas. Elles finirent par se rendre à l'arrière pour tenter de comprendre ce qui avait fait changer leurs compères de plan.

Là, ouvrant la porte de la cuisine, elles virent les deux quadras, un voyant vert allumé derrière eux. Corbin dit aux deux femmes : « Le vide-ordures doit déconner. Ce matin déjà, il était plein, mais j'ai appuyé plusieurs fois sur le bouton et ajusté un savant coup de pied dans la porte. Là, il s'est débloqué tout seul ! Ça c'est du système D ! »

Les deux spationautes galonnés avaient été aspirés par le vide de l'espace… Partis dans le silence le plus complet !

Successivement, un sourire nerveux puis un air de dégoût et de déception profonde se dessinèrent sur le visage blême des deux femmes. Dépitées, elles venaient de comprendre qu'elles devraient se reproduire avec ceux qu'elles considéraient comme le maillon faible du règne humain…

◊

47

Le druide semblait à nouveau inspiré. Il avait sélectionné une pierre de lave aux coulures torsadées. Sa surface mousseuse était traversée de grosses fentes aux formes naturelles comme formées par un choc thermique. Pourtant, elle avait été gravée par une main humaine et elle allait parler…

Il la lança dans le cours de la rivière…

L'ADN spirituel

I est tard. Le jour touche à sa fin. L'atmosphère polluée de la ville rend le ciel encore plus sombre. On dirait qu'une nuit d'encre a avalé toutes les étoiles du firmament.

Des gratte-ciel de toutes les hauteurs composent de grosses montagnes hérissées de barres de béton. Longs tubes jaillissant d'un orgue fou, ces colosses de pierre se disputent la maîtrise d'un ciel que l'on ne perçoit plus. La cité est dominée par ces grandes co-lonnes noires piquées de diodes brillantes qui ne sont autres que des milliers de fenêtres. Et derrière les fenêtres, des êtres humains vivent dans les tiroirs lumineux de ces grands meubles de pierre grise.

Comme un insecte, nous sommes attirés par la lumière hypnotique de ces lucioles posées sur les troncs de bétons. Alors, nous nous approchons d'une de ces fenêtres : celle d'un local situé tout en haut à gauche, au sommet d'un building moyen de forme semi-cylindrique, à la façade salie, portant le nom de Psychological Constructivist Corporation. Et que voyons-nous à travers le carreau ?

Assis devant un bureau, dans le coin d'une pièce au décor minimaliste, un homme parle à un ordinateur ultrasophistiqué. Sur l'écran de la machine apparaît la tête d'un autre homme qui semble entamer une conversation à distance avec lui...

« Bonjour Mr Markovitz, je m'appelle Stan Goody, du P.C.C. Je suis enchanté de faire votre connaissance.

– Euh... bonjour... Où suis-je ? répond l'homme de l'écran.

– Attendez... je... je vais vous expliquer... Comprenez, ce n'est pas facile... Vous êtes en quelque sorte un précurseur... lui annonce Stan Goody, un peu gêné.

– Un précurseur ? Mais de quoi ?

– Il faut tout d'abord que je vous explique le contexte de notre rencontre. Nous sommes en l'an 2253 et je suis un chercheur dans le domaine de la graphologie constructiviste.

– Oh ! Mais je suis né en 1990. Vous rigolez là ?

– J'y viens, ne vous affolez pas ! J'ai retrouvé bon nombre de vos manuscrits... Vous aimiez écrire... et notre science a fait de gros progrès... En fait, j'ai étudié votre écriture nerveuse, quelques fautes d'orthographe mais avec un vocabulaire si vaste. Des observations qui font penser à quelqu'un d'intelligent qui ne souhaitait pas s'embarrasser de règles superflues. Peut-être aussi un esprit rebelle qui s'ignorait ? Toutefois, quelques-uns de vos textes sont hermétiques et écrits dans un français plus que moyen. Ceux-là traduisent une sorte d'autisme léger.

– Merci pour cette analyse flatteuse, Docteur Synoque ! Je n'ai pas besoin que l'on me passe de la pommade dans le dos ou que l'on m'insulte, mais plutôt d'une explication claire, parce que je ne vous suis toujours pas !

– Les enchaînements récurrents de vos idées si tortueuses, mais avec une logique qui retombe toujours sur ses pattes, notamment dans « *La chute du chat noir*», m'ont impressionnés. Assurément, vous aviez un esprit aussi tordu que brillant, mais pas malsain. Je dois vous avouer que j'ai aimé votre essai sur la philosophie populaire. Vous auriez dû le faire éditer.

– Désolé mais je ne l'ai pas encore terminé. Comment pouvez-vous dire que je ne l'éditerai jamais ? Vous voulez vraiment me faire croire que vous m'appelez du futur ?

– Ah oui, où avais-je la tête ?... Savez-vous que la technologie informatique a fait un bond spectaculaire et même miraculeux ! Les machines sont capables de prendre en compte le moindre signe d'intelligence fossilisé dans un écrit, une photographie ou un film, et de restituer le caractère d'une personne. En fait, nous avons retrouvé un grand nombre de textes de philosophes grecs, latins et égyptiens...

– Mais quel rapport avec moi ? Et où suis-je ? Je ne sens pas mon corps !

– Vous êtes le précurseur. Ne vous l'ai-je pas déjà dit ?

– Cessez donc de parler par énigme et venez-en au fait !

– Si vous vivez, je pourrais également faire renaître Épicure, Platon, César…

– Co… comment ça ?! Je ne vous suis pas. Mes idées sont encore embrouillées…

– Je vous ai synthétisé au sein de mon hyper-ordinateur dont la mémoire est composée de cellules vivantes de paramécies. Et cela, grâce à toutes les traces écrites et physiques que vous avez laissées dans ce monde jusqu'en 2023 ! Vous êtes l'homme que vous étiez en 2023.

– Je suis… Je suis une mémoire synthétique ! Une copie de l'instant d'une vie ! Une sorte d'approximation de moi, arrêtée à 41 ans ! Mais je… je suis quoi réellement alors ? Un fantôme du passé ?

– Vous rendez-vous compte de l'avancée technologique ?!

– Effrayant ! Monstrueux ! »

Puis le cobaye informatique se mura dans un silence absolu. Nous avions créé le premier autiste virtuel !!!

◊

« Les graphologues réussissent à déterminer certains traits de caractère de l'auteur à partir d'un simple texte. Alors pourquoi ne pas imaginer que, grâce à une étude de la forme de l'écriture, mais également du sens des textes écrits et des idées qui y sont exprimées, on ne puisse pas recréer un esprit synthétique avec un ordinateur quantique hyperpuissant ? » nous demanda le druide, en nous regardant fixement dans les yeux.

Puis, à l'étonnement de tout le monde, il nous fit une leçon d'astrophysique.

« Avant de passer au récit suivant, je voudrais vous parler de la théorie des cordes, qui a été élaborée voilà plus de mille cinq cents ans déjà. Dans cette approche du monde vivant, les briques élémentaires de l'univers ne sont pas des particules solides et localisées à un endroit précis mais des cordelettes qui vibrent. Ce que nous percevons comme des particules aux caractéristiques singulières ne sont en fait que des cordes vibrant à des fréquences différentes. Nos corps, et toutes les choses qui nous entourent, sont composés de cordes vibrantes ! La nature est un cantique inspiré par les dieux de la création. »

Pour cette histoire, le druide jeta deux pierres dans la rivière asséchée. Elles s'entrechoquèrent et firent une musique étonnamment plaisante, comme celle du personnage principal du récit qui va suivre…

Le Désintisseur

« **J**e m'appelle Joh, chasseur de primes, pour vous servir... Ce soir, dans mon bar préféré, devant une mousse de vin jaune de Mars d'un excellent cru, je décompresse...

À l'extérieur, un fin ciel synthétique d'eau condensée sous la coupole 21 produit une pluie fine que la lumière du soleil traverse, comme toujours, en formant un arc-en-ciel. Ainsi, dans les sphères géantes de Mars, il pleut et il fait beau quasiment tout le temps en même temps. Chaque sphère comporte une ou plusieurs villes avec des champs et usines et même quelques animaux de la terre. Depuis qu'on fait pousser de la viande[6] en usine-labo, les animaux de ferme ne sont plus que des décorations pour touristes. Quelques citoyens écologistes s'étaient réjouis de la fin du carnage animalier grâce à cette innovation. Mais la fin de l'élevage avait provoqué la disparition d'un grand nombre d'espèces qui devenaient inutiles pour l'homme.

Je sirote ma "mousse" dans un bar crasseux des bas quartiers de la capitale de Mars, New Earth, la

---

[6] Cette technique existe déjà même si elle n'est pas industrialisée. Des chercheurs ont en effet réussi à synthétiser du muscle.

première cité des étoiles construite dans une bulle d'oxygène en 2151. Elle est aussi devenue la plus importante ville de la planète. Aujourd'hui cette ville ressemble plus à une cité ouvrière sordide qu'à une capitale modèle, à part bien sûr le quartier riche de Nelsontown.

Un journal traîne sur le comptoir et on peut y lire en gros titre *: "Hier matin, le Désintisseur a de nouveau frappé dans la cité maîtresse".* Et c'est précisément dans le quartier huppé que notre homme s'était si tristement illustré. Ce tueur à gages est l'homme le plus recherché de la ville.

Il est le digne héritier du joueur de flûte des frères Grimm. Mais lui, ne chasse pas les rats. Encore que… Récemment, il a tué un industriel peu scrupuleux très connu, M. Logan Leegood. Sans doute un contrat d'une firme concurrente.

Les conglomérats de l'espace échappent pour partie à la justice terrienne. Ils s'étendent sur plusieurs planètes terraformées du système solaire, et même sur deux exo-planètes nouvellement peuplées grâce au système de translation optique qui permet de voyager plus rapidement que la vitesse de la lumière. À la tête d'industries florissantes de l'énergie et des métaux, comme DDK ou New Steel, des hommes sans scrupules et affreusement riches sont capables de se payer les meilleurs tueurs. Et le Désintisseur est sans nul doute le meilleur d'entre eux.

Il maîtrise l'art de la matière. Chacun de nous est constitué d'ondes intimement liées. Nous sommes le refrain d'une chanson autour duquel gravitent des couplets différents qui forment nos particularités. Et lui, le joueur de flûte, parvient à les détisser afin de disloquer les cellules de notre corps et le réduire en soupe musicale ! C'est toujours le même mode opératoire. Il attend sa proie dans un endroit isolé, lui joue un air de musique qui la charme au plus profond de son être, les liens qui unissent les ondes qui la constituent se défont lentement et la victime se dissout dans l'environnement. Pas de corps, pas d'arme, pas de témoin : le crime parfait !

Sauf qu'un jour, il était tombé sur un homme qui s'était bouché les oreilles pour dormir. Celui-ci avait pu fuir et tout raconter à la police du coin. Il paraît que tout le district s'était marré quand il avait débarqué en caleçon au commissariat !

Mais depuis ce jour, notre homme n'avait plus fait rire quiconque. Les meurtres s'étaient succédé, plus étranges les uns que les autres. Imaginez la femme d'un magnat de la presse stellaire rentrer chez elle et ne trouver en guise de mari qu'un pyjama et un slip sur le lit conjugal !

En fait, il s'agissait de disparitions au sens propre du terme. Le Désintisseur était devenu tellement connu et redouté que dès qu'un homme d'affaires ou une personne en vue disparaissait, on lui mettait l'affaire sur le dos. D'ailleurs, il arrivait que certaines victimes présumées du tueur réapparaissent en très bonne santé. Mais quand on avait repéré notre flûtiste dans le coin, les victimes ne revenaient jamais.

Comme vous le savez, depuis la fin de la ruée vers le Targon, un gaz rare qui n'existe que sur Mars, la criminalité avait beaucoup baissé et le nombre des primes bien diminué. Dans les belles années, j'étais à la tête d'une petite équipe de dix mecs et on avait coffré des dizaines de gugus douteux. Mais tout ça a changé. J'ai dû licencier mes hommes un à un, faute de travail, et je me suis mis à traquer du gros gibier en solitaire. J'espère lui mettre la main dessus à celui-là. Pour sûr, ça me renflouerait ! Sa tête est mise à prix pour 100 000 crédits stellaires. De quoi s'acheter une rallonge de vie de quarante années avec pièces de rechange organiques et entretien complet du corps garantis, plus une bulle d'atmosphère individuelle sur Mars avec une ferme pour couler de vieux jours tranquilles.

Je me suis donc mis en chasse pour trouver mon homme. J'ai visité les quartiers les plus déshérités de la ville où je me suis immergé dans l'environnement de sa jeunesse. Je connais tout de sa vie. Son enfance malheureuse, sa folie, son âme d'artiste et sa qualité de musicien hors norme. Pourtant, malgré toutes les informations glanées sur ses anciennes fréquentations, ses habitudes et les lieux qu'il a arpentés, l'homme reste insaisissable.

À 18 ans, il s'était mis à jouer un air pour le bal de l'école et surtout pour ses parents et sa petite amie qui était venue l'admirer. Le malheur, c'est qu'Alynix, qui ne portait pas encore le nom de "Désintisseur" dont l'ont affublé les journaux plus tard, ignorait l'existence de son pouvoir. C'est durant ce concert que se révéla ce qui devait devenir sa malédiction. Lorsque le premier rang avait disparu dans un grouillement d'ondes, le restant de la salle s'était enfui de terreur. Il avait été poursuivi par la police pour meurtre aggravé, alors qu'il s'agissait d'un simple accident. Mais son casier n'était pas totalement vierge et il est rare qu'on écoute les jeunes des cités lorsqu'ils protestent. De plus, il n'avait pas confiance en la justice et n'avait même pas pensé à se blanchir devant un tribunal.

Sa fiancée et sa famille avaient trouvé la mort dans cet incident. Depuis, il était seul au monde et recherché par la police. Il réussit pourtant à lui échapper et même à se faire oublier. Il disparut quelques temps sur Alpha 5, un satellite peuplé de Mars. En fait, j'y ai appris lors d'un court séjour qu'il avait perdu la tête. Il vendait et consommait du Kroll, un puissant narcotique.

Il était devenu SDF lorsqu'une bonne âme, non désintéressée, lui avait tendu la main. Tchikov, dit "le Parrain des trois planètes", avait offert une cure de désintoxication à Alynix, puis l'avait logé dans les meilleurs hôtels, en bonne compagnie. Le bienfaiteur avait demandé en retour à notre justiciable de travailler pour lui. Tchikov et sa bande étaient devenus sa nouvelle famille, surtout Maithla, la "Mama" du clan.

Puis, ce fut à nouveau la descente aux enfers. Revenu sur Mars il participa à une vendetta entre clans qui se termina par le massacre de Tchikov et de ses sbires. Mais c'est la mort de Maithla qui toucha le plus notre artiste car il avait trouvé en elle une nouvelle mère. Il se mit à travailler seul, chassant comme un loup solitaire.

Seuls quelques indics purent me fournir des informations. Ceux qui le croisèrent m'en donnèrent une description peu flatteuse. Il avait repris le Kroll. Ses yeux étaient rouges, injectés de sang, son teint pâle, une barbe de trois jours ornait un visage émacié et ses doigts osseux et crochus agrippaient fébrilement sa flûte. Un squelette sur pattes, affirmaient certains. Malgré une santé chancelante, il était devenu très rapidement le tueur à gages le plus réputé de toutes les planètes du système solaire. Voilà tout ce que je sais sur lui.

Je rentre à l'hôtel, il est tard et j'ai pas chômé aujourd'hui. Toujours aussi longue à venir la plate-forme d'élévation pour arriver à ma chambre !

Depuis une centaine d'années, les ascenseurs ont été remplacés par des plaques de lévitation autonomes que les habitants d'un immeuble peuvent utiliser à souhait pour se rendre d'un étage à l'autre, à travers un hall central. Il y en a une dizaine pour un immeuble de taille moyenne. Lorsque tout le monde rentre du travail, le soir, il y a parfois un peu d'attente. »

Joh ouvre la porte de sa chambre grâce au scan génétique, allume la lumière, saisit une bouteille dans le petit meuble du salon et s'affale sur le canapé, un verre de Wiisk d'Andromède à la main.

Bientôt, du tréfonds du silence, s'élève un air de flûte, séduisant, pesant, s'immisçant dans tout son corps. C'est le Désintisseur ! Après des semaines de filature, il a fini par repérer son poursuivant et à présent, il veut s'en débarrasser. Il avance d'un pas décidé en jouant vers sa victime. Joh le regarde, impuissant, sentant vibrer tout son corps comme si chaque particule de son être souhaitait se libérer de ses entraves moléculaires pour se fondre dans le décor. Impossible de faire un geste, seule sa tête reste mobile, mais il a un mal de crâne à tout rompre.

Contre toute attente, Joh se met à chanter sur le même air un chant langoureux et triste qui raconte l'histoire du Désintisseur. Sa jeunesse monstrueuse, sa vie d'errance, sa folie et son immense solitude. Il sent qu'il touche à présent la corde sensible du tueur. Peu à peu, la pression se fait plus forte sur le Désintisseur qui sent à son tour cette corde se nouer autour de la gorge. Bientôt, il ne peut plus jouer. Tout son corps bouillonne de tristesse. Les ondes qui le composent commencent à avoir des trajectoires sauvages, elles se délient lentement, inexorablement, comme une chanson trop usée qui se perd dans la lassitude des esprits. Et son enveloppe charnelle finit par se dissoudre à tout jamais dans l'espace environnant, tel un fantôme vaporeux composé de filaments bioluminescents dont seules les créatures des grandes profondeurs connaissent le secret.

Joh était ténor dans une autre vie et lui aussi savait charmer la matière… Il se releva de son canapé, encore sonné.

« Putain de journée ! »

Il ne touchera pas la prime, mais il est vivant !

◊

L'après-midi avançait à grands pas et le druide, toujours galvanisé par sa mission pédagogique, continuait sa lecture des pierres.

Une fois encore il fronça les sourcils, comme préoccupé par l'histoire qu'il allait conter, et fit glisser un galet noir dans la rivière…

Cette pierre-ci nous transporta dans le songe sans queue ni tête d'un homme des années 2000…

Cauchemar sans fin...

Une nuit, ou plutôt un matin, je fis un rêve étrange...

Comme descendant du ciel, je vis de loin d'innombrables êtres humains avancer ensemble, tel un troupeau de gnous en migration. Ils marchaient sans se retourner, tous dans le même sens. Le paysage, tout d'abord semi-aride comme celui du Serengeti en Tanzanie, laissait place à des prairies de type européen puis à des déserts de sable jaune, tout cela sous un soleil rougeoyant de fin du monde. À l'horizon se profilait une sorte de trou noir que même l'astre du jour ne parvenait pas à éclairer. Ses spirales lointaines étaient dorées par les rayons du soleil qu'il absorbait.

Un vent à écorner les bœufs balayait cette plaine. Il provenait de ce gigantesque tourbillon sombre qui engloutissait toute forme de vie incapable de se cramponner au sol.

Peu à peu, comme un ange chassé du paradis qui arrive sur terre porté par le vent, je m'approchais de cette nuée d'humains en exode. Je distinguais à présent bien mieux leurs agissements.

Les gens marchaient courbés, résistant aux courants d'air pour pouvoir continuer leur chemin.

Je me mis à observer ces êtres bizarres. Ils avaient, en effet, des comportements pour le moins étranges… Ils se déplaçaient en charrette. Nulle modernité en ce monde. Mais plus étonnant encore, ils étaient leurs propres esclaves…

Certains hommes tiraient des chariots à bras sur lesquels une femme et des enfants criaient et faisaient claquer un fouet pour leur faire accélérer la cadence. Ailleurs, c'étaient des femmes qui tractaient de gros chariots chargés ; ailleurs encore, des couples tiraient à deux, et pas toujours dans le même sens, ce qui avait pour effet de ralentir leur allure.

J'aperçus même des chars tirés par des armées d'hommes et de femmes jusqu'à épuisement. Le lourd fardeau était composé de personnes endimanchées et obèses, affublées d'un tricorne, d'une toge ou d'un symbole religieux que tous révéraient.

Certains marchaient en solitaire… Jeunes, adultes et vieux avançaient sans relâche vers un destin inconnu.

Parfois, une personne trébuchait, elle était alors irrémédiablement aspirée vers le trou noir de l'horizon dans lequel elle se dissolvait au loin. Certains marchaient à plusieurs, se donnant la main afin de rattraper celui qui glisserait par inadvertance.

Ceux qui étaient harnachés aux chariots ne risquaient pas grand-chose, car même si leur situation ne paraissait pas enviable, au moins s'ils glissaient, ils étaient maintenus et les occupants les remettaient sur pied.

Je remarquais que seuls les plus faibles et les plus isolés finissaient aspirés par le sombre tourbillon.

Autre curiosité, certaines personnes étaient enchaînées les unes aux autres, le plus souvent par deux ou trois, et cela ne semblait nullement les gêner ! Mais lorsque l'un d'eux sombrait, il entraînait alors inexorablement les autres s'ils ne parvenaient pas à le remettre sur pied. D'ailleurs, je vis un enfant glisser, emportant les deux adultes auxquels il était attaché. Tous trois se firent aspirer par le trou noir. Étrange univers non ?

Enfin, une partie des gens de ce monde se comportaient assez sauvagement. Les uns faisaient des croche-pieds aux autres pour leur passer devant. Comme si être le premier donnait un avantage de plus dans cette marche sans fin ? D'autres poussaient à terre leur entourage pour accéder à une place dans des chariots somptueux tirés par de nombreux hommes et femmes. Ceux qui tombaient, vous l'avez deviné, étaient aspirés...

Ailleurs, dans cet exode sans fin, d'énormes chariots en abordaient d'autres dans un nuage de poussière rouge. Les hommes et les femmes s'empoignaient, se frappaient, se jetaient par-dessus bord. La bataille s'achevait avec la prise de l'autre véhicule et les vaincus étaient contraints de tracter les vainqueurs.

D'autres chariots venaient alors à la rescousse du premier pour le défendre. Puis d'autres encore. Si bien, qu'à la fin, le conflit se généralisait et décimait tout un lot de ces demeures roulantes.

À côté de ces guerres, il existait une activité économique florissante boostée par les conflits. On pouvait revendre les chariots et les biens conquis et acheter des armes et des véhicules blindés pour attaquer ses adversaires.

On trouvait aussi des pièces de rechange pour les moyens de transport. Les plus riches obtenaient des chariots résistants et légers. Les autres voyaient leur moyen de locomotion se délabrer avec le temps, ne pouvant pas remplacer les pièces défectueuses.

Les populations aisées voyageaient dans des chariots de luxe. Leurs biens étaient confectionnés par des populations d'une pauvreté affligeante qui travaillaient pour trois fois rien, dans des conditions inavouables, et dont les taudis roulants étaient à l'écart du cortège, loin des yeux de ceux qui achetaient leur misère.

Lorsqu'un chariot trop mal entretenu se brisait, c'étaient des centaines de vies qui disparaissaient dans le trou noir. Mais de cela, personne ne s'émouvait. Ces âmes seules et mal nourries tombaient d'épuisement. À pied et sans chariot, leur destin était scellé.

Les bénéfices et la vie facile des uns semblaient condamner les autres à la pauvreté et au trépas.

J'avais atterri. À présent parmi eux, face au vent qui me faisait vaciller sur mes jambes, une seule solution, rejoindre l'une des nefs roulantes qui me côtoyaient.

J'avais trouvé une place à bord d'un véhicule de bonne facture. Heureux de ne pas être en mauvaise posture dans ce monde de violence.

Chaque groupe de chariots formait une communauté qui s'entraidait et suivait les mêmes règles. Celui dans lequel j'étais monté n'était tracté que par des hommes. Les femmes n'avaient pas le droit à ce poste. C'était la loi. Les hommes devaient tirer la voiture, la défendre, et les femmes devaient s'occuper de tout le reste.

Pour le Grand Satrape Takatapé, qui dirigeait « démocratiquement » une bande de cinquante véhicules, dont le nôtre, c'était la nature qui commandait cette division des tâches. Il était donc logique de s'y conformer sans discuter. Mais notre bienfaiteur, le Grand Satrape, avait dû s'attirer les foudres d'un autre démocrate dans l'âme, le Sultan Ben Ibouftou, qui attaqua sans crier gare. Notre chariot fut le premier à être éperonné par une tête de bélier fixée sur le char ennemi. Je tombai à terre avec d'autres et, fatalement, je fus attiré par le trou noir...

Il m'avala d'un coup ! Puis ce fut une chute sans fin dans un tourbillon qui se termina par un choc terrible ! Je me réveillais sur le sol au pied de mon lit.

Ouf, ce n'était qu'un mauvais rêve.

J'étais dans mon appartement, à Paris dans le 16e. Une odeur de bon café chaud et de croissants venait me titiller les narines. Ma bonne, une réfugiée nicaraguayenne, avait certainement été les chercher ce matin avant mon lever. En bruit de fond, par intermittence, on entendait la radio : « *Conflit au Proche-Orient : 100 morts… ; la France a vendu des armes à … pour 1 000 000 d'euros… ; le CAC 40 remonte après une courte pause… ; la situation des femmes en Thaïlande… ; ZALANDO : le scandale des salariés épuisés…* »

◊

On voyait la lueur du jour provenant de l'extérieur de la grotte s'estomper, la sortie était à peine visible. Le noir nous entourait et le froid et l'humidité commençaient à se faire sentir dans ce lieu minéral. Notre professeur avait furtivement quitté la grotte dès le début des récits et revenait à présent avec un fagot de bois et quelques bûches, prêt à allumer un foyer.

Les yeux du druide étaient étincelants comme si le vieil homme brûlait de l'intérieur. À le voir, on n'aurait su dire si les idées qui l'assiégeaient étaient pure beauté ou pure folie.

Il lança une pierre de plus dans la rivière asséchée. Cette pierre était la plus belle qu'il possédait. Elle était multicolore et brillait de mille feux…

Impressionnisme

Sur un chemin de campagne en cette fin d'août, marche un homme, un balluchon sur l'épaule, un chapeau de paille usé vissé sur la tête. Il arpente la route, serpent jaune et ocre débridé qui se contorsionne au gré des collines en de folles volutes frénétiques. Épuisé par la marche, notre voyageur s'arrête, le front perlé de sueur. Il tire de sa musette une gourde d'eau de vie. Il en avale quelques gorgées avant de la ranger soigneusement. Les yeux en feu, le cœur exalté par la boisson et la chaleur, son esprit vagabonde devant ce paysage champêtre…

Et dans son regard, les peupliers se tordent au vent comme des flammes vertes léchant le ciel qu'un soleil furieux et chevelu éclabousse de sa toison d'or.

Un peu plus loin, les tas de paille, tignasses ébouriffées, ressemblent à des épouvantails sans corps, obèses et hirsutes, au milieu des champs de blés coupés.

Les fleurs qui poussent çà et là, au bord du chemin, irisent de leurs pétales la nuée des herbes folles qui se courbent aux vents dans un frémissement de toute une gamme de verts.

Cette explosion de couleurs végétales est en-flammée par le soleil qui semble vouloir jouer avec les tons ocre, jaunes, orange et rouges.

Ailleurs, les arbres s'embrasent pour devenir des torches multicolores qui déchirent le ciel menaçant, tout en projetant leur ombre déchiquetée sur le sol ardant.

Aux pieds des puissants troncs, des lierres aux volutes baroques serpentent vers les cimes dans une symphonie étourdissante de tons verts et jaunes. Ils enserrent ces rois de la forêt, comme pour retenir leurs bras de bois tendus vers l'astre céleste dans un ultime accès de jalousie.

Des nuages sombres aux bords dorés assaillent la végétation déchaînée dans un tumulte de couleurs grises, prêts à absorber le soleil dans un combat de lumière. Ces titans se livrent une âpre bataille poly-chrome sur la toile bleue du ciel.

Sur la droite du chemin s'étendent des champs de tournesols à perte de vue. Comme des moulins à vent pour enfants, colorés et piqués en rang dans le sol, leurs pétales dorés et cuivrés tourbillonnent au vent.

Non loin de là, des papillons multicolores volent de manière hiératique comme des paillettes bleues, rouges, jaunes et blanches, jetées sur la prairie. Une myriade de confettis danse ainsi la farandole sur les étendues vertes, mouchetées de fleurs or et argent.

Les pas de notre homme, sur le chemin de terre sèche et légère, soulèvent des volutes de poussières qui brillent comme de fins diamants scintillant au soleil.

Et de leur côté, avec leurs feuilles qui ondulent au vent, alternant les verts clairs et les verts foncés, les fleurs des champs semblent applaudir au spectacle. De leurs têtes qui se baissent et se relèvent en chœur au bout de longues tiges courbées, elles font des « olas » champêtres orchestrées par un zéphyr capricieux pour saluer notre passant.

Une musique de fête s'élève d'un petit village niché au creux de la vallée. Et c'est une ode à la nature qu'entend notre marcheur, signe de réjouissances chaleureuses aux couleurs des soirs d'été.

Son esprit semble s'apaiser lorsqu'au détour d'un chemin, notre vagabond rencontre un cortège de paysans endimanchés allant au bal. Leurs habits chatoyants vibrent de mille couleurs rappelant, dans un tourbillon de tissus riches et soyeux, arbres, fleurs et oiseaux entraînés dans une folle sarabande.

Comme dans un kaléidoscope fou, pris d'une frénésie incontrôlable, les pigments se mélangent s'ajustent, se séparent...

Ce mélange de couleurs hypnotiques éclabousse l'imaginaire de notre voyageur intérieur.

Enfin, le soir, les yeux pleins de lumière, il se dirige vers la ville où il a loué une misérable chambre. Prêt à peindre une autre toile qu'il ne vendra pas...

◊

Le feu brûlait à présent de toutes ses flammes au milieu de la grotte, dessinant sur ses parois des ombres fugaces et toujours renouvelées. Le récit que nous venions d'écouter avait rempli nos cœur de mélancolie et, comme les gens du voyage le soir devant les flammes du foyer, nous nous sentions esseulés et tristes.

Mais le druide était intarissable et nul n'osait l'arrêter. Il nous sortit tous de notre torpeur lorsqu'il lança cinq cailloux dans le lit de la rivière pour conter l'histoire suivante. Des mélodies de bruits cristallins et de bruits métalliques se succédèrent tour à tour. Et en fond, on entendit des sons plus graves résonner sourdement comme des tambours dans cette cathédrale minérale.

C'était une vraie symphonie de pierres que les enfants écoutaient à présent...

Songe d'une nuit d'été

Nous sommes en 2195 et la vie est toujours aussi compliquée. Pas de paradis sur terre, pas de fin du monde tonitruante et toujours les mêmes problèmes de misère et de délinquance. « Étonnant non ? » (aurait dit Desproges…)

Et c'est cette année-là, une nuit de l'été naissant, que fut arrêté Irvann dit « Ivan le terrible », un Caïd qui gérait le marché de la drogue dans un quartier de la grande cité suburbaine du nouveau Paris. Cette cité dortoir avait été créée en marge de l'ancien Paris, au-delà même des banlieues des années 2000. Dans ce bouge, la pauvreté côtoyait les trafics en tout genre.

Irvann ne faisait pas que gérer le business. Il s'impliquait sur le terrain. Et ce jour-là, il était allé avec un de ses adjoints, Manu dit « la Crevette », raisonner un épicier qui refusait d'écouler sa came. Le bonhomme était coriace et il avait osé insulter le boss. Quatre coups de poings plus tard, il était en sang et Irvann, dans une rage folle, le tenait en joue avec un flingue, prêt à tirer. Les clients s'enfuyaient de la boutique terrorisés, sans leurs courses.

Une voiture de police, qui faisait une de ses rares rondes dans ce quartier sinistré, s'arrêta net. Les flics avaient compris tout de suite qu'il se passait un truc louche. D'un geste sec, ils ôtèrent leur ceinture de sécurité et ouvrirent les portières. Sans même réfléchir, Irvann tira sur les poulets qui sortaient de la voiture. S'en suivit un échange de coups de feu lors duquel un des policiers fut blessé.

Enfin les renforts arrivèrent, et le pistolet d'Irvann était vide… Il ne restait plus qu'à se rendre. Mais ce n'était pas la première fois que ce dur à cuire faisait de la prison. Qu'importe, être arrêté était préférable à la mort. Il pourrait peut-être même gérer son business depuis la prison si ses appuis lui trouvaient une cage trois étoiles.

Irvann et Manu se firent coffrer sans ménagement. Cette fois, c'était du sérieux : ils avaient blessé un flic.

Le juge du 10e district du nouveau Paris ne tarda pas à faire tomber la sentence : vingt-cinq ans de prison ou l'engagement à suivre un nouveau programme de réinsertion appelé « songe d'une nuit d'été ». Tout le monde connaissait de nom cette technique, mais personne ne savait de quoi il s'agissait. Comme souvent, les médias avaient fait le buzz, mais n'avaient abordé le sujet que très superficiellement. Irvann en avait parlé avec la Crevette par le passé.

« Moi, si j'me faisais pincer, jamais j'accepterais de faire ce programme ! Y paraît que ce truc te retourne la tête ; qu'y te droguent et après tu deviens un zombie. On dit que Lagrouille, qui s'était fait pincer après avoir dézingué un poulet, est revenu dans le quartier pas plus intelligent que le caniche de la voisine du troisième. Déjà qu'il était pas finaud. Il parlait plus et passait ses journées à pleurer.

– Mais on dit aussi qu'il s'était fait mater par cinq tôlards qui l'ont mis mal. Et là, il a demandé à suivre le programme de réinsertion et ça aurait rien donné de concluant. »

Irvann comptait bien sur ses appuis au gouvernement pour obtenir une remise de peine. Son avocat, pourtant grassement payé, avait été nul durant tout le procès. Sa seule chance tenait à ses amis politiques véreux, prêts à retourner leur veste au moindre vent contraire. Et justement, le vent tourna. On ne sut jamais réellement, mais il était probable que le Mollusque, le principal concurrent d'Irvann sur le marché, avait arrosé ses ex-amis qui l'ignorèrent royalement.

Vingt-cinq ans… Vingt-cinq ans fermes de prison… En fait, une éternité pour un homme de trente ans. Quand il sortirait, il serait vieux, détruit par des années de tôle, déphasé avec le monde. Plus de business, plus d'argent, plus d'amis… Irvann allait opter pour la réinsertion. Il n'avait pas le choix… Il se disait : « Le juge m'a dit qu'il ne s'agissait pas d'un lavage de cerveau comme la rumeur le laissait entendre. Juste une nouvelle chance. Alors bon, de toute façon à la première occase, j'me tire. On m'enverra certainement dans un hôpital psychiatrique. J'attendrai le bon moment pour m'éclipser. »

Quelques jours plus tard, chez son pote Picolo, Irvann raconte sa réinsertion.

« Le juge est venu me voir et m'a demandé de le suivre. On m'a amené dans le complexe hospitalier de la prison. Ils m'ont fait des prises de sang pour étudier mon métabolisme et tout plein de trucs auxquels je ne comprenais rien. Puis, un jour, on m'a amené dans une chambre noire pour méditer après avoir pris l'un de leurs médocs. En fait, je me suis endormi. Quand je me suis réveillé, ils m'ont dit de prendre une pilule rouge le matin et une bleue le soir et de revenir toutes les semaines pour ajuster le traitement. Et c'est tout... Ils m'ont relâché.

– Et tu te sens comment ?

– Pareil, pas de différence. Je vais jouer leur jeu pendant une ou deux semaines et après je disparais et je recommence la belle vie. Tu piges ? Si je change, tu me le diras hein ?

– Ok, compte sur moi.

– T'as de la came à vendre ?

– Ho là ! Doucement. Tant que t'es sous traitement, j'sais pas si je peux avoir confiance. J'te file cent keus. Démerde-toi pendant deux semaines et reviens me voir. Au fait, y'a Irina, ta cops, qui veut te voir.

– Qu'est-ce qu'elle me veut celle-là ?

– Sais pas. T'as qu'à lui demander !

– Ok, bye. À plus frangin et merci pour la tune. »

Irvann se rendit dans le quartier d'à côté voir la frangine… Il ne s'attendait pas à la débâcle… Il monta trois étages dans un bâtiment miteux pour arriver sur le palier. Il frappa à la porte et Irina lui ouvrit. Elle avait un regard mouillé qui vous enveloppe et vous attache au mur. Rien de bien prometteur…

« Alors, paraît que je suis en affaire avec toi ? Comment c'est possible ? Ça fait un an qu'on s'est pas vu !

– Justement, l'affaire a pris neuf mois pour arriver à terme !

– Quoi, tu déconnes ! Tu m'as pas fait un mioche quand même ?

– Et bien si ! T'avais qu'à mettre des capotes quand j'te le demandais !

– Oh merde !

– Tiens, regarde-le, il a tes yeux. »

Elle avait amené le petit bébé dans ses langes. C'est vrai qu'il était mignon le petit !

Il ne se rendit pas immédiatement compte des implications de cette nouvelle bouleversante, sa conscience occultait cette information comme pour mieux lui permettre de progressivement l'assumer. Tout d'abord, il chercha à nier l'évidence et à expliquer la venue au monde de cet enfant par une autre paternité. Mais cela lui paressait improbable, tant il savait Irina honnête. Puis, il se sentit tout à coup investi d'une grande responsabilité. Lui qui n'avait jamais pensé qu'à lui-même, à son plaisir, devenait garant de la vie d'un petit être fragile.

Il devait protéger à présent cet enfant qu'il n'avait pas désiré. Ce petit rien semblait désormais s'imposer comme la chose la plus importante de sa vie. Mais comment ferait-il pour subvenir à ses besoins ?

Il se tourna alors vers ses anciens amis de galère pour gagner sa vie. Il appela Picolo pour remettre le pied à l'étrier.

« Salut Picolo, j'ai arrêté les pilules. Ça fait deux semaines que j'y ai pas touché. J'ai besoin de reprendre du service. Tu m'avances de la tune ?

– Ok gars, on remet ça ! »

Dans un premier temps, Irvann réinvestit son ancien quartier, sans bruit. Ses associés vendaient sous couverture, en douce, pour ne pas s'attirer les foudres du nouveau Caïd. Ce manège permit à Irvann de rembourser ses dettes à Picolo, et d'investir dans un petit nid douillet pour son amoureuse et son gamin. Mais ils ne menaient pas la grande vie. Et ça le démangeait de retrouver son ancien standing. À présent, il fallait passer à la vitesse supérieure. Reprendre ce qui lui appartenait !

Aujourd'hui, le Mollusque tenait à lui seul le commerce de la moitié du New Paris ! Cela n'allait pas se passer comme ça !

Irvann choisit la méthode douce. Il commença par vendre sa came et racketter les commerçants, officiellement dans son ancien quartier, pour revendiquer son territoire. Pour cela, il s'était trouvé une mascotte, le petit Gavroche, un gamin qu'il avait pris sous son aile et formé pour dealer et voler. C'était son porte-bonheur, son fidèle serviteur et aussi un ami appréciable. Il était toujours enjoué, perspicace et avait de la réplique.

Il comptait sur la position des deux autres parrains, qui tenaient également un quartier de la ville, et des anciens, qui intervenaient dans toute discorde pour limiter les effusions de sang et les règlements de compte.

Mais rien ne se passa comme prévu. Le Mollusque avait pris un tel poids dans la cité qu'il pouvait s'affranchir des avis de ses autres collègues. Il lança ses sbires aux trousses d'Irvann et de ses adjoints. Picolo et Lavette furent les premiers à se faire souffler. Chez un commerçant du quartier, quatre hommes armés de mitrailleuses les attendaient. Picolo fut retrouvé cloué au mur par les balles et son collègue pouvait servir de passoire à un cuisinier !

Puis, ce fut au tour de San Antonio de se faire allumer ! Irvann ne digéra pas ce dernier affront. « Ils l'ont fumé dans sa voiture ! Une Ferrari toute neuve ! Partie en fumée avec San ! Quel gâchis ! C'était une si belle caisse ! »

Les autres collaborateurs ne demandèrent pas leur reste et partirent rejoindre le camp ennemi.

Irvann avait failli y passer à coups de crosse quelques jours plus tard, dans une ruelle sombre. Heureusement, il savait se battre et avait dessoudé les deux hommes que lui avait envoyés le Mollusque. Il était très amoché, au point de ne plus pouvoir bouger ! Il pensa finir en repas trois étoiles pour les rats et les chiens errants. C'est dans cette ruelle qu'il rencontra l'inspecteur qui le sortit du trou et l'envoya à l'hôpital pour se faire soigner. Un inspecteur des stups. Mais pas très curieux. Heureusement !

Pour terminer, parce qu'il avait la dent dure, le Mollusque enleva sa femme et son gosse !

L'ancien Caïd, pour la première fois, sentit vraiment le poids de la solitude. Il n'avait plus d'associé et seul, il était perdu !

L'inspecteur Malgrin était là, à l'hôpital, lorsque son ennemi juré lui fit amener un bouquet de fleurs avec le message qui annonçait sa prise d'otages. Il lui proposa un coup de main.

En général, Irvann leur pissait à la raie aux flics. Mais là, il n'allait pas refuser cette aide providentielle car c'était sa famille qui était en jeu. L'inspecteur voulait qu'il témoigne contre le Mollusque et promettait en échange de tout faire pour récupérer sa femme et son garçon. Cet événement le marqua à tout jamais, et quand il en reparlait, les larmes lui montaient aux yeux.

« C'était un samedi de grisaille comme il y en avait des centaines dans cette ville de merde, je me rappellerai toujours ce moment...

Le père Malgrin et une dizaine de sbires de la maison Poulaga se sont pointés en catimini de bon matin au quartier général du Mollusque. Moi je suivais, j'avais caché un gun dans mon calbut. Les flics m'auraient jamais autorisé à venir s'ils avaient su. Ils ont assommé les deux gardes, puis ça a été "Fast and furious". Un mec du Caïd était derrière la porte et a juste eu le temps de donner l'alerte avant de prendre une balle entre les deux yeux. Ca pétaradait dans tous les sens, j'ai même plus souvenir de comment on s'est retrouvé dans le bureau du boss au dernier étage...

Y'avait ma femme qui tenait mon gamin, et lui qui la mettait en joue avec un flingue par derrière. Et là, le destin... Un tir est parti à l'étage du dessous. Le Mollusque a eu un moment d'inattention et Irina a voulu en profiter pour se dégager. Le coup est parti et le bébé a repeint les murs ! Comme je vous dis, c'était à vomir ! »

L'inspecteur avait tiré et tué le Mollusque qui, en réagissant, l'avait blessé gravement à son tour.

Irvann était ravagé par ce qui s'était passé mais cela toucha plus encore sa femme Irina. Pour lui, la vie n'avait plus de sens, cependant il s'accrochait comme il pouvait. Il errait dans la ville sans but et dealait pour subvenir aux besoins d'Irina. Pour elle, ce fut pire. Elle avait quasiment perdu la tête suite à la disparition de leur enfant dans ces conditions monstrueuses. Le petit corps déchiqueté de son fils lui apparaissait chaque nuit. Elle se sentait coupable. Elle pensait que si elle ne s'était pas débattue, son fils serait encore en vie. Irvann savait que ce n'était pas de sa faute mais ne trouvait pas les mots justes. Vendre de la drogue finissait par le dégoûter. C'est à cause de ce business de merde que son fils était mort.

Un jour où il rentrait plus tôt que d'habitude, il trouva Irina complètement shootée sur le lit. La malédiction du milieu le poursuivait… Il la prit tout d'abord dans ses bras et pleura longuement avec elle. Mais lorsqu'elle fut de nouveau sobre, il lui passa le savon de sa vie ! Bravant les colères de son ami, Irina n'avait qu'une obsession, trouver la paix dans un shoot. Elle se laissait emporter jour après jour par la drogue.

Irvann connaissait un toubib qui lui était redevable. Tout médecin qu'il était, ce dernier n'en avait pas moins de petits vices que seul un commerce illégal permettait d'assouvir. Irvann se fournissait chez lui en produit de substitution pour aider sa chère et tendre à s'en sortir. Au début, il y eut une certaine amélioration. Mais sa compagne cherchait avant tout l'oubli et seule la drogue pouvait le lui fournir.

Malgré la surveillance d'Irvann, Irina trouvait toujours moyen de se ravitailler en came pour se piquer. Son état allait de mal en pis… L'argent venait à manquer… Irina lui volait le peu qu'il ramenait à la maison. Aucune cachette ne lui résistait. Plus sa compagne sombrait dans la drogue, plus dealer le dégoûtait. Mais il ne savait faire que ça… Alors, il ne vendait plus que du shit. La drogue dure le répugnait à présent. Sa femme était livide, elle bavait sur le lit et regardait dans le vide du matin au soir.

En rentrant chez lui, un soir d'hiver plus sombre que les autres, Irvann trouva sa compagne allongée sur son lit, à moitié dévêtue, le visage paisible, le regard dans le vide. Elle avait un bras tendu vers la table de chevet, une seringue gisait au sol… Elle s'était piquée une fois de plus, une fois de trop… Sa belle figure ne semblait plus souffrir. Elle venait de rejoindre son bébé dans l'au-delà.

Irvann sentit monter en lui une haine et une colère comme jamais il n'en n'avait ressenties contre ceux qui livraient la drogue en cachette à son amie. Durant tous ces mois de labeur, pendant qu'il s'épuisait à travailler en vendant durement son shit pour lui acheter les substituts qui l'aideraient à décrocher, d'autres, tels des sangsues, se gavaient de son argent en empoisonnant Irina.

Il connaissait bien la gardienne qui le renseigna promptement. C'était une petite vieille sans âge, délaissée par sa famille, qui adorait faire la causette. Le plus dur était de terminer la conversation.

Il apprit qu'un petit homme venait parfois dès son départ rendre visite à son amie. Il ne devait pas habiter bien loin car dès sa visite terminée, il allait au tabac en face boire un verre de coca. Il avait toujours un jogging avec une capuche. On voyait mal sa tête mais un jour, en faisant le ménage, la gardienne avait fait mine de détourner le regard et avait vu une partie de son visage dans le reflet de la porte vitrée. Elle n'avait pu lui donner d'âge, toutefois elle se souvenait qu'il avait une cicatrice qui lui barrait le nez.

Irvann, dès que sa femme fut enterrée, se mit à la chasse au dealer. Mais les gens du quartier n'étaient pas loquaces : tout le monde connaissait la sentence pour ceux qui balançaient. Il rendit visite au patron du tabac d'en face. C'était un vrai mur de prison. Rien à en tirer. Les serveurs du bar disaient n'avoir jamais vu de type ayant une balafre sur le nez et les clients n'en savaient pas plus. Il fit toute la rue, puis tout le voisinage... Rien.

Alors, Irvann se mit en planque chez lui, dans la piaule qu'il partageait avec sa belle et dont une fenêtre donnait sur le tabac d'en face. Il attendit des jours et des nuits. Il était à présent dans un état second, il n'avait plus conscience du temps qui passait. Il se nourrissait des boîtes de conserve accumulées durant des mois et que sa dulcinée ne touchait même plus sur la fin de sa triste existence.

Contre toute attente, un matin, de bonne heure, il entendit frapper à sa porte. Une voix appela :

« Irina, Irina c'est moi ! »

C'était certainement le livreur. Il ne savait pas qu'Irina logeait à présent à six pieds sous terre au cimetière du coin, dans un cercueil premier prix.

Irvann, l'esprit leste, saisit un couteau de cuisine. Il s'approcha lentement de la porte puis l'ouvrit d'un geste rapide en sautant sur l'homme à la capuche. Il s'effondra sur lui, l'immobilisa au sol afin de lui porter le coup fatal. Il allait enfin voir la peur dans les yeux de l'assassin de sa femme ! Il jeta la capuche de l'homme en arrière mais ce fut lui qui reçut le coup. C'était Gavroche ! Son porte-bonheur, son confident, son ancien pote qu'il avait formé ! Quelle horreur et quelle ironie du sort ! L'enfant de quinze ans continuait à dealer pour survivre.

Pris d'une nausée et d'un écœurement sans fond, il se leva et recula contre le mur du couloir. Son regard était aussi hébété que celui du jeune qui le fixait. Longtemps ils se dévisagèrent comme pour prendre la dimension du drame qui se jouait. Les idées se bousculaient dans l'esprit d'Irvann. Le jeune de son côté se releva, les yeux en pleurs, et vint dans les bras de son mentor.

« Tue-moi si tu veux ! Je ne savais pas que c'était à ce point ! Je ne voulais pas ça ! Mais elle souffrait et m'en demandait toujours plus. Elle voulait oublier son bébé tu comprends, hein ? Tu comprends ? Je la faisais parfois même pas payer ! Mais pas tout le temps, c'est cher la dope tu sais !

– On va s'en sortir mon gars. T'inquiète pas on va s'en sortir… Je te le promets », se surprit à dire Irvann.

Ils passèrent la nuit ensemble, à parler de leur vie respective et du bout de chemin qu'ils avaient fait ensemble. Irvann se dit qu'il avait été un fort mauvais exemple.

Le lendemain, il alla voir son ami le policier et lui demanda de l'aide pour trouver un travail sérieux en dehors de cette zone mal famée. Le policier lui trouva un poste de vendeur en automobile. Irvann s'avéra être très doué pour la vente, et rapidement il gravit les échelons pour devenir directeur d'une boîte d'import-export de voitures de luxe. Il adopta Gavroche, toujours grâce à l'aide du policier qui avait des amis bien placés dans l'administration. Et l'enfant, élevé par Irvann, reprit des études…

Tout à coup, des lumières s'allumèrent autour d'Irvann. Contrairement à ce qu'il avait cru, il n'avait jamais quitté l'hôpital de la prison où il était détenu. Ni même la pièce où on l'avait fait asseoir dans un siège ergonomique qui rappelait celui d'un dentiste. Il était à présent dénudé et avait des capteurs sur tout le corps. Irvann les arracha d'un geste et s'écria en se levant :

« Que m'avez-vous fait ?! Vous m'avez lavé le cerveau !

« – Non, lui répondit calmement le juge qui était là pour veiller au bon déroulement de cette expérience. Nous vous avons fait vivre une vie alternative au cours d'un rêve qui a duré trois heures, afin de vous ouvrir d'autres horizons. Nous contrôlions l'environnement de l'histoire mais vos choix vous appartenaient entièrement. À présent comme convenu, vous êtes libre, réellement libre, vous pouvez choisir la vie que vous souhaitez en toute connaissance de cause…

Parfois, avoir le choix, c'est savoir simplement qu'il existe une autre voie », ajouta le juge avec un petit sourire en coin.

Les histoires reprirent vers dix-neuf heures, après une pause tardive agrémentée d'un goûter avec du pain d'ambre et de la collante de fraisboisie, sans oublier la boisson chaude affectionnée par tous les habitants de la contrée, le chocfé au coleux.

Le druide et le professeur se partagèrent une bouteille de distillat de nectar d'orchidée du val fleuri, de l'année 3831. Ce breuvage de vingt ans d'âge les mit en joie. Ces deux-là semblaient se connaître de longue date. Ils papotaient et échangeaient des idées sur tout. Je vis pour la première fois un sourire sur la figure si froide du druide.

C'est les joues quelque peu empourprées et le verbe un poil plus haut, comme si nous étions subitement tous devenus sourds, que le druide continua ses récits. Il se concentra et laissa tomber une autre pierre dans la rivière…

La chute

Ce récit commença par une réflexion philosophique...

Les penseurs grecs ont longtemps débattu pour savoir si le temps était un phénomène continu ou le passage par une succession de points dans l'espace. Aujourd'hui encore, aucun scientifique n'a pu trancher la question. Le temps, un des phénomènes les plus étranges, que l'homme côtoie pourtant tous les jours...

Nous sommes au mois de septembre 2001 et Jake boit son deuxième café de la journée. Le travail de rédacteur qu'il avait à faire pour la gazette de l'entreprise ne le motivait pas ce matin. Pourtant, c'était un job intéressant. Il était chargé de la communication interne du groupe. Ça faisait partie de son activité. Un journal de salarié pour les salariés. Mais ce matin, il rêvait, regardant le soleil se lever sur New-York, du 109e étage de l'une des deux plus grandes tours de Manhattan.

Il était 8h44 lorsqu'il vit la chose la plus hallucinante de sa vie ! Un Boeing 767 fonçait plein gaz sur l'immeuble. Non, il n'était pas dans un film catastrophe, pas dans un film d'horreur, ni de science-fiction… L'instant était à la fois saisissant, spectaculaire et effroyable. Ce moment semblait irréel tout comme le temps qui paraissait s'égrener au ralenti. Jake lâcha son café lorsqu'il aperçut l'avion approcher. Sa tasse toucha le sol à l'instant où l'avion s'écrasait contre la tour, une dizaine d'étages en contrebas. Ensuite, ce fut la confusion totale…

Tout d'abord, le choc envoya tout le mobilier et le personnel valdinguer pêle-mêle dans les bureaux. Puis, l'explosion des réservoirs de kérosène sembla embraser la tour, privant temporairement ses occupants d'air. De nombreuses personnes étaient déjà blessées et toutes se mirent à suffoquer lorsqu'une fumée nocive s'éleva des étages inférieurs puis entra par les ascenseurs et les escaliers de secours, interdisant toute retraite.

Jake avait été projeté contre un placard de son bureau, à moitié assommé, tailladé par les morceaux de verre des vitres brisées par la violence du choc. Sonné, il s'était relevé et regardait hagard les alentours. Certaines personnes moins affaiblies que lui avaient tenté de gagner les escaliers de secours pour sortir de cette tour infernale. Elles étaient revenues sans même les atteindre, intoxiquées par cette fumée noire épaisse qui gagnait maintenant le bureau même de Jake.

Deux de ses collègues se joignirent à lui pour échapper aux effluves mortels. Coincés dans cette pièce sans issue, ils étaient « dos au mur »…

L'atmosphère restait à peu près respirable à l'intérieur grâce à une brèche béante, dans la paroi de l'immeuble, qui apportait de l'air frais. Mais à l'extérieur, les émanations toxiques de l'incendie des étages inférieurs remontaient et envahissaient à présent leur dernier refuge par cette même ouverture.

Ce fut Miranda, suffocant et n'y voyant plus rien, qui, prise de panique, sauta la première dans le vide. Jake et Marc voulurent la retenir mais c'était trop tard.

Quelques instants après, les deux hommes ne pouvaient plus respirer non plus et l'instinct de survie leur commandait de trouver de l'air. Par réflexe pour éviter l'étouffement, Marc se jeta également dans le vide. Jake fut atterré. Mais lui aussi se devait de chercher de l'air. Alors il tenta l'impossible... grimper sur des barres de fer tordues vers l'extérieur. Celles qui, quelques instants plus tôt, maintenaient les vitres.

Il était maintenant suspendu au bord du bâtiment, se tenant à une poutre d'acier. Les fumées nocives l'enveloppaient à présent. Sans air, il ne pouvait tenir plus longtemps sa position. Il finit par lâcher prise et se retrouva lui aussi dans les airs, plongeant vers un funeste destin.

Les étages défilaient devant ses yeux tout comme les images de sa vie. Il venait de dépasser les niveaux où s'était écrasé l'avion de ligne et sa vitesse de chute ne cessait de s'accélérer...

Son enfance aux portes de Paris, sur les bancs de l'école de Romainville… Sa mère lui préparant le repas du dimanche : un gros poulet grillé avec des frites à gogo… Puis, ses études brillantes en sciences humaines. Il revit la fierté de son père lorsqu'il soutint son doctorat avec succès.

Il avait franchi un tiers des étages de la tour et sa vitesse augmentait toujours. Les étages continuaient à défiler, sa vie aussi…

Son mariage avec Mary et la joie de sa vie de couple lui revinrent à l'esprit… Les moments de symbiose avec sa moitié… Ces instants partagés à profiter de la vie comme si l'amour avait le pouvoir de suspendre le temps. Tout cela niché dans le confort de la certitude qu'à l'aube du 21e siècle, l'homme qui avait vaincu les maladies et domestiqué en partie la terre, pouvait tutoyer Chronos et s'affranchir de la mort.

Il avait atteint la moitié du parcours. Les étages continuaient à défiler, mais de manière régulière, comme s'il avait atteint une vitesse de croisière… Dans son esprit en revanche, tout s'accélérait…

Il revit la naissance de Tommy dans sa maison des Lilas, et les longues heures durant lesquelles il jouait avec son charmant bambin… Son entrée à l'école primaire et sa tête déconfite lors des rentrées de classe les années suivantes. Tommy n'aimait pas l'école… Mais il était bon élève…

La chute de Jake lui paraissait interminable. Il avait parcouru les trois quarts de la distance qui le séparait du sol, et son angoisse n'était même plus descriptible. Les étages défilaient toujours, mais à présent, ils passaient au ralenti...

Il se souvint de sa joie lorsqu'il décrocha un job de Responsable des Ressources Humaines à la City de Londres, puis de sa fulgurante ascension dans l'entreprise pour devenir le chroniqueur du groupe, la voix interne de sa société. Cela s'était concrétisé par sa nomination à New York au poste de directeur de la communication interne.

Durant ce songe, à demi-étourdi, il plongea encore de la moitié des étages restants. Il semblait que le temps était divisible à l'infini et que ce voyage ne s'arrêterait jamais ! Le sol se rapprochait de plus en plus lentement. Son esprit fonctionnait à présent à plein régime et sa vie défilait devant ses yeux dans les moindres détails.

Sa mutation à New York... Le départ de Londres de toute la famille, en avion, en abandonnant une part des effets personnels que l'on ne pouvait emmener par les airs. Les adieux aux parents qui s'étaient déplacés de France. Tommy qui pleurait à l'aéroport dans les bras de sa grand-mère... Il y avait deux ans déjà, mais pour Jake, c'était hier...

Le sol bien visible semblait remonter vers lui. Il parcourut à nouveau une moitié du chemin funeste qui le séparait du bitume. La terre se rapprochait et les détails du quartier du World Trade Center se précisaient. Plus son esprit pensait rapidement, plus les étages défilaient lentement. Il vivait à présent une descente aux enfers au ralenti.

L'acuité de son esprit en furieuse surchauffe était maintenant telle, qu'il se rappelait de détails insignifiants de sa vie passée. L'odeur des fleurs du printemps sur la terrasse de son appartement, les effluves matinaux d'essence et de poussières de la ville mélangés au parfum des snacks sur le trajet qui le menait aux grandes tours, le goût infâme du café au bureau et les gestes empruntés de sa toute jeune secrétaire lorsqu'elle lui parlait...

Pendant ses réflexions, il ne dévala plus que la moitié de la distance précédente. La démentielle accélération de son esprit avait encore ralenti sa chute. Il était à présent à dix mètres au-dessus du bitume du parking et les derniers étages semblaient ne pas en finir de passer.

Ses souvenirs devenaient aussi sporadiques que précis. Les vibrations du building juste avant de voir l'avion se jeter sur les tours, chaque battement de cils de sa secrétaire lors de la discussion du matin, lui revenaient à l'esprit. Le vol d'une mouche qui l'agaçait au petit déjeuner, l'eau qui gouttait du robinet. Le bruit d'une ambulance la nuit dernière...

Sans qu'il s'en aperçoive, ses pensées commençaient à remonter le cours du temps. D'abord de manière relativement lente. Puis...

Alors qu'il n'était plus qu'à cinq mètres du sol, tout s'accéléra et sa vie se rembobina comme la bande image d'un film que l'on passe à l'envers tout en laissant le projecteur allumé. Son esprit remontait le temps de manière subliminale. Sa pensée lui envoyait à rebours des flashs des moments importants de sa vie qui s'égrenaient à une vitesse vertigineuse.

Quelques mètres plus bas...

Cette fois, les étages ne défilaient plus, Jake s'était définitivement arrêté au seuil de la mort. Son temps à lui s'était figé...

Son esprit avait-il remonté le fil de sa vie jusqu'au jour de sa naissance oubliée, pour revivre encore et encore son existence, prisonnier de son espace-temps, pour le meilleur et pour le pire ? Ou allait-il rester suspendu dans le temps pour l'éternité, à observer ce sol qui ne viendrait jamais ?

Peut-être la réponse est-elle dans ce regard vitreux, figé dans le vide, des personnes qu'on a vues mourir, parfois un sourire aux lèvres...

Ou peut-être Jake s'est-il simplement écrasé sur le sol, au pied de ce pompier qui venait secourir les victimes.[7]

---

[7] Cette histoire m'a été inspirée par la théorie de Zénon d'Élée sur le paradoxe de la dichotomie, et par les récents écrits sur la théorie des cordes, qui affirment qu'une image de chaque chose de ce monde est conservée à la surface des trous noirs.

◊

Le druide, qui avait ressenti notre lassitude après autant de récits en une seule journée, voulut nous captiver avec une musique et des textes modernes. Il était certain de faire mouche auprès de jeunes adolescents bientôt majeurs, très ouverts aux nouveautés.

Un groupe de druides-bardes, qui s'appelait « Les pierres qui roulent », faisait un carton dans une contrée voisine nommée New-Anglet. C'est une de leurs chansons que le druide décida de reprendre. Il lança cinq pierres que la rivière souterraine avala d'un seul coup en émettant une musique rythmée et puissante, comme si un troupeau de tambours s'était déchaîné dans la grotte. On appelait cela la musique « roc n'roule ».

Et les pierres chantaient… Elles chantaient l'histoire de l'enfant qui avait vu le marchand de sable…

Le marchand de sable

C'était il y a une semaine, un vieil ami m'avait invité à dîner. Il était géologue et possédait une collection de roches impressionnante. Après m'avoir servi un bon verre de Whisky et mis à ma disposition un bol de cacahuètes, il enchaîna directement sur son sujet de prédilection : la vie des pierres.

Il avait trouvé de nouveaux cailloux de valeur lors de ses voyages en Australie, en Amérique du Sud et en Russie, et il brûlait d'envie de me les montrer. C'est avec lui que j'avais commencé à apprécier la magie des cristaux.

Il m'avait expliqué comment le frottement des particules, leur compression et leur échauffement formaient des constructions géométriques qui auraient rendu jaloux un architecte de haute volée. Les rouages atomiques entraînés par les forces de la nature produisaient des formes que l'on aurait pu attribuer à des constructions humaines, tant elles semblaient tracées au cordeau. Il me montra des pyrites de forme cubique, on aurait dit les dés d'un jeu de société. Puis, il me tendit du gypse cristallisé en forme de fer de lance. « Quels guerriers de pierre pouvaient bien utiliser ces armes ? » me demandais-je, amusé.

Mon ami, toujours aussi passionné, les yeux brillants d'un enfant qui montre ses nouveaux jouets, me dévoila des pierres encore plus étonnantes, rapportées de ses derniers voyages. Il y avait là, exposés sous une vitre, des cristaux avec des formes qui rappelaient celles du vivant. On voyait de l'érythrite d'Australie, qui formait de petites touffes de cristaux roses en forme de mimosas, des cheveux de Vénus pris dans un quartz massif de l'Alpe d'Huez, ou encore une rose des sables.

« Les forces naturelles donnent vie aux matières minérales, me dit-il. Par exemple, les roses des sables se forment dans les dunes du désert, grâce à l'eau des nappes phréatiques. Ne t'es-tu jamais demandé si le mouvement n'était pas la source de toute vie ?

– J'ai entendu parler d'un artiste qui crée des animaux composés de tuyaux de plastique, lui répondis-je. Ils sont mus par le vent qui gonfle leurs voiles, et se déplacent seuls, à leur gré sur les plages, en marchant avec leurs « pattes » grâce à des mécanismes complexes[8].

– Pour en revenir aux minéraux, je pense que ce sont des êtres vivants qui grossissent et se transfor-

---

[8] Cet artiste existe vraiment. Il construit des machines en tuyaux de plastique, munies de jambes articulées et mues par la force du vent. Elles se déplacent toutes seules à leur gré. Il a même imaginé un système pour que ses machines, qui évoluent sur les plages, ne sombrent pas dans la mer !

ment grâce aux forces naturelles, reprit mon compagnon. Regarde cette vitre givrée que je garde au réfrigérateur ! »

J'étais soufflé, mon ami créait dans son congélateur des cristaux éphémères. Il me tendit un carreau de vitre sur lequel il avait réussi à faire prendre du givre. Le spectacle était époustouflant ! Il me rappelait celui que j'avais déjà vu sur le pare-brise de ma voiture en hiver, mais sans vraiment y prêter attention. À présent que je scrutais le verre avec concentration, m'apparaissait une jungle de glace formée de feuilles d'acanthes, de feuilles de fougères et de palmiers divers. C'était magnifique ! Tout cela semblait si vivant !

Un petit sourire en coin, mon compagnon me dit :

« Et si la vie existait sous forme minérale ? Une fleur de pierre est-elle moins vivante qu'une fleur de carbone ? Le murmure du vent sur les falaises des montagnes n'est-il pas un langage ? Et les rochers, parce qu'ils évoluent sur des centaines de milliers d'années et que l'on ne peut percevoir leur mouvement, sont-ils vraiment immobiles ? »

Cette conversation me rappela une expérience bouleversante que j'avais faite lorsque j'étais enfant...

C'est alors que je lui racontai ce que j'avais vécu !

Et vous, connaissez-vous la véritable histoire du marchand de sable ?

Tout jeune, je me réveillais parfois le matin avec les yeux irrités par de petits cristaux au coin de l'œil. Avec un grand sérieux, mes parents m'affirmaient que le coupable était un homme qui venait le soir aider les petits à s'endormir. Il déposait du sable sur les paupières pour les alourdir afin de plonger les enfants dans un sommeil réparateur.

Déjà sceptique à l'âge où les petits croient leurs parents sur parole, je décidai de veiller la nuit pour voir cet homme que l'on nommait le « marchand de sable ». Il me fallait savoir ce qui le poussait à aider les enfants aussi maladroitement en leur mettant des cailloux sous les paupières !

Des mois passèrent sans que je parvienne à vaincre mon sommeil. Mais petit à petit, ma chasse s'était professionnalisée. Mes jouets avaient été mis à contribution dans la réalisation d'un piège de haute technologie ! Pour parfaire le système, j'avais également subtilisé une lampe de poche à mon père, du fil à coudre noir à ma mère et défait une clochette accrochée à un ancien costume de Père Noël.

Une fois les éléments rassemblés, il ne me restait plus qu'à réaliser mon plan infaillible, « la toile d'araignée réveil » : j'enroulai le fil à coudre noir autour de mes jouets dispersés aux quatre coins de la pièce, puis, autour des pieds de la table de chevet, puis enfin, à la clochette. Je me plaçai alors en embuscade, avec ma lampe de poche prête à être allumée.

Ce stratagème dura peu de temps. En effet, dès le lendemain matin, ma mère se prit les pieds dans le fil puis, les jouets s'agglutinèrent autour de ses jambes et la firent s'affaler de tout son long sur le tapis de la chambre. Elle chutait tout hébétée, vaincue par mon piège ! Sur sa tête, un cowboy en plastique chevauchant ses boucles blondes en bataille, semblait vouloir la dompter, tandis que juste à côté du lit, la table de chevet sur laquelle se trouvait mon poisson rouge bascula. Clou du spectacle, le contenu du bocal se déversa sur la tête de ma mère. La friture frétillante, surprise, sauta dans son soutien-gorge pour se cacher. Je n'avais jamais vu ma mère se trémousser autant ! Même lorsqu'elle put se relever, elle dansa encore la gigue une minute avant de voir la bête, exténuée par tant de sport, ressortir de dessous sa robe de chambre. Ma mère était rouge de colère.

Après avoir essuyé une bonne dispute, je me retrouvai sans arme. Les jours qui suivirent se passèrent dans une ambiance froide et carcérale. J'étais condamné chaque soir à une fouille en règle avant d'aller au lit ! Mais j'avais tout de même droit au bisou du prisonnier avant de m'endormir.

Les jours passaient et mon corps semblait m'avoir entendu car mon sommeil se faisait de plus en plus léger.

Une nuit, juste avant Noël, le vent était glacé. La buée gelait sur les carreaux de la vitre mal scellée au cadre en bois de la vieille fenêtre. À travers les interstices laissés par le mastic craquelé, un petit courant d'air frais remontait jusqu'à ma figure. C'était comme si l'hiver s'invitait dans ma chambre. Mêlée à l'odeur du sapin, qui trônait dans la pièce adjacente, et des sucres d'orges qui y étaient accrochés, c'était une brise de Noël qui venait me caresser le visage.

Mes paupières se firent tout à coup plus lourdes, mais le vent frais et odorant me maintenait éveillé. Sentant une présence, j'ouvris les yeux. Il était là ! Quel étonnement lorsque j'aperçus le marchand de sable, penché sur moi en train de caresser mes cheveux.

Je sursautai dans le lit et le petit bonhomme en fit de même en me voyant brusquement bouger. Ce n'était pas un vieux marchand de sable comme je me l'étais imaginé mais un petit homme au visage poupon et à la chevelure dorée. Il était uniquement composé de sable, de la tête aux pieds, y compris ses habits !

Je lui demandai tout de go :

« Par où es-tu entré ?

– Chut !!! me répondit-il, nul ne doit me voir. »

Déjà espiègle malgré mon âge, je saisis l'opportunité.

« Raconte-moi ta vie ou je crie et mes parents te découvriront !

– Petit chenapan, reprit-il en riant. C'est d'accord, mais tu ne parleras pas de cette histoire avant l'automne de ta vie. Promets-le moi !

– C'est entendu », m'empressai-je de répondre.

Ma promesse faite, le marchand de sable commença par me raconter sa naissance… Ou, comment de petits morceaux de cailloux, polis, entraînés par le vent doux et chaud du désert, créèrent un être vivant rien que par leurs frottements et leurs formes atypiques !

Le petit homme avait la douceur et la bonté du vent chaud du désert, mais également l'intelligence et la finesse du sable microscopique qui le composait.

Il me rapporta qu'un soir du milieu de l'été, le vent souffla avec plus de constance que les autres jours. Et lorsque les derniers rayons du soleil effleurèrent les dunes du désert, il se produisit un phénomène aussi merveilleux qu'inattendu !

Des millénaires d'érosion et des milliards de zéphyrs avaient accumulé au sommet d'une dune plus haute que toutes les autres des grains de sable plus polis, plus doux, plus légers et plus fins que nul n'en avait jamais vus. Et c'est ce soir-là qu'un dernier tourbillon commença à assembler ces poussières de silice comme les minuscules rouages d'une machine complexe.

Au sommet de la petite tornade, les grains de sable les mieux façonnés, aux apparences très complexes, s'entrechoquèrent pour créer des flux cohérents. Selon leur aspect respectif, ils agissaient plus ou moins vivement sur le mouvement total de la forme, comme si un centre nerveux se formait pour donner naissance à un être vivant.

Le tourbillon se divisa alors pour former les membres d'un corps de poussière.

Petit à petit, les grains de silice s'agglutinèrent en surface pour se solidifier partiellement. Et sous cette peau de pierre souple qui formait à présent l'enveloppe du petit golem, le sable s'organisa en muscles et en os de pierre. Mais son métabolisme restait très différent du nôtre...

Dans sa tête, le sable vagabondait comme dans une boule à neige parcourue de micro tourbillons. De ces flux contraires des idées naissaient. Elles dépendaient tant de la forme des grains que de la synergie créée par leur mouvement. Plus ils étaient polis, plus l'esprit avait des idées douces, plus les grains s'entrechoquaient, se brisaient et devenaient pointus, plus il devenait irritable.

Le petit homme de sable était né !

Il marcha longtemps dans le désert avant de rencontrer des êtres vivants. Ceux-ci, tant par la crainte liée à son aspect que par le respect qu'il inspirait, le traitèrent amicalement. En retour, il aidait les bédouins égarés et rassurait parfois les enfants du désert qui pleuraient.

Il pouvait déplacer du sable en grande quantité grâce aux vents. Sirocco, Zéphyr, étaient ses parents et ses soutiens. Aussi s'était-il spécialisé dans la vente de ce produit. Certaines villes du désert avaient besoin de cette matière première pour faire des murs solides ou encore du verre de bonne qualité. Il leur procurait alors le sable le plus fluide qui eut jamais existé à travers le monde.

La légende du marchand de sable était née !

Mais sa vraie carrière commença avec une rencontre fortuite, en 1943, avec un pilote d'avion qui s'était posé, suite à une panne, dans le désert du Sahara.

Le petit être de sable s'approcha du pilote endormi... Toute la journée il avait suivi des bédouins amenant leur troupeau au puits, et il aurait bien aimé avoir un souvenir de ces excursions. Mais le sable, comme chacun le sait, ne conserve pas les formes qu'on lui donne et s'envole au vent. Alors, voyant un carnet dépasser de la poche du voyageur assoupi devant lui, il eut une idée...

Il s'approcha et demanda : « S'il vous plaît... dessine-moi un mouton ! »

Le pilote, ouvrant doucement les yeux, vit un jeune enfant aux cheveux blonds, irisés, brillants comme des grains de sable polis au soleil du matin. Il tenta de lui dessiner un mouton mais aucun ne convenait au marchand de sable. Plus tard, ils discutèrent ensemble des rêves, des enfants, de la joie et de tant d'autres choses passionnantes qui peuplaient l'esprit des hommes.

Saint-Exupéry sut lui donner l'envie de visiter l'ancienne Europe, mais plus que tout, il apprit à ce petit homme de pierre à chérir les enfants et à les protéger, car ils étaient selon lui le futur de l'homme.

Alors, le jeune marchand de sable gagna Paris, si bien décrit par son ami.

Certains jours dans l'année, le vent du désert souffle et apporte du sable du Sahara jusque dans la capitale française. On en retrouve la trace sur les carrosseries de voiture le lendemain[9]. C'est le signe que le marchand de sable a traversé la Méditerranée pour nous rendre visite ! Alors, la nuit, devenant courant d'air, il se faufile sous les fenêtres mal fermées, par le trou des serrures ou par les tuiles des toits, et vient nous insuffler de beaux rêves... Constitué de sable, lorsque le petit bonhomme nous caresse la tête, il abandonne un petit dépôt qui se solidifie au coin de l'œil, au contact de nos larmes de bonheur.

À présent, vous connaissez la véritable histoire du marchand de sable. Un être avec un cœur de diamant, dont les sentiments sont faits d'une pluie de sable fin et poli. Ces petits grains forment la pierre angulaire du temple de son esprit.

---

[9] C'est vrai, à certaines périodes de l'année, le vent du désert pousse le sable du Sahara au-dessus de l'Europe, jusqu'en France.

◊

Voyant tout le savoir que ces pierres, détentrices du passé et des arts, contenaient, les jeunes auditeurs à l'esprit échauffé, dont je faisais partie, s'imaginaient déjà dominer le monde par leur connaissance. Cette technologie lithique nous offrait d'infinies promesses qui avaient pour effet de nous désinhiber.

La nuit attendait que nous lui donnions son obole de sommeil, mais aucun de nous ne pensait à dormir. Pour cette première journée d'exploration des contes du passé, il sembla de bon ton au druide de lire une fable qui nous inspirerait un peu d'humilité. Alors, il jeta une dernière pierre dans la rivière…

Aux origines de l'homme

Un jeune moine avait l'habitude d'aller se retirer dans la jungle une fois par mois. Loin des bruits de la ville, il y trouvait la sérénité nécessaire pour méditer en paix. Clairvoyant et sage, il était la joie de son maître qui connaissait son habitude et qui, le soir venu, guettait son retour. À chaque fois, le jeune moine revenait serein et plein d'entrain pour une nouvelle période de dur labeur.

À travers sa candeur, l'apprenti avait su garder toute sa fraîcheur et avançait à grands pas sur la voie de la sagesse suprême. Il voyait les choses sans artifice et désarmait ses contradicteurs les plus perspicaces lorsqu'il s'agissait de découvrir la vérité.

Mais parfois, cette vérité est cruelle, comme le savent ceux qui ont l'habitude de l'observer dans son appareil le plus simple. On a pour coutume de dire qu'une femme qui laisse entrevoir quelques charmes est beaucoup plus attirante qu'une femme dévêtue. Il en était ainsi de la vérité.

Le jeune moine s'installa dans une clairière ombragée entourée de grands arbres fruitiers. Il ferma les yeux un long moment. Un profond calme l'envahit. Il fit le vide en lui afin de se connecter à la nature. Il commençait à se ressourcer lorsqu'un bruit le ramena à la conscience. Toujours les yeux clos, il tenta un moment de se concentrer à nouveau. Peine perdue, car une envie irrépressible d'ouvrir les yeux sur le monde l'envahissait. Lui que d'habitude rien ne pouvait sortir de sa méditation, jeta un regard au loin dans la clairière.

Un grand singe blanc sortit des fourrés, affairé à manger des fruits qu'il avait sans doute chapardés dans un verger en bordure de forêt. Le langur à face noire, animal commun de ces régions, fut aussi étonné que le jeune homme de cette rencontre. Après un instant d'arrêt, il se remit à manger.

Le jeune moine, qui avait le don de voir au-delà des apparences, reconnut tout de suite Hanuman, l'un des avatars de Vishnou, le Dieu protecteur de la création. Il lui adressa la parole en ces termes :

« Bonjour à toi grand singe, maître de la sagesse et parangon de loyauté. C'est un honneur pour moi que de te rencontrer. »

Le singe continua à s'alimenter comme tout bon singe l'aurait fait, grimaçant et se grattant le dos de temps à autre, sans s'occuper de l'intrus.

« Toi qui as vécu tant d'aventures, qui connais tant de secrets, pourquoi ne veux-tu pas me parler ? »

Pour toute réponse, le singe grimaça encore une fois et mordit dans une mangue.

« Eh bien, dit le jeune moine, je crois que je vais

rester là à t'observer.» Il attendit assis, scrutant le moindre geste du singe, visiblement dérangé par ce visiteur impromptu. Mais c'était son domaine et pas question de partir !

Trois longues heures passèrent et le primate se comportait toujours en parfait animal. Après avoir mangé, grimacé, s'être lissé les poils et curé les oreilles, le singe n'y tenant plus lui adressa enfin la parole d'un ton maussade.

« Que veux-tu de moi petit homme ? Les tiens massacrent les animaux et détruisent la jungle dans laquelle il fait bon vivre, par leur seule activité nocive pour l'environnement. Et tu penses que j'ai envie de discuter avec toi ?

– J'ai toujours respecté les animaux, je ne vis que de mendicité et je suis végétarien. Je ne suis donc pas la cause de ces malheurs.

– Admettons, mais alors je répète ma question, pourquoi troubles-tu ma paisible retraite ? »

Le petit moine était impressionné. Il n'avait jamais vu de divinité et ne s'était jamais demandé ce qu'il pourrait poser comme question. C'était comme se retrouver devant le bon génie et avoir droit à un vœu. Que choisiriez-vous ? Être riche, beau, vivre vieux, vivre heureux… ? Eh bien voilà dans quel état il se trouvait à présent.

Il trouva une question dont la réponse n'était dans aucun livre.

« Dis-moi grand sage, pourquoi Dieu a-t-il créé l'homme ?

– Il me semble que c'est une question digne d'une divinité. Et si je te réponds, tu me laisseras tranquille ?

– J'en fais serment », rétorqua le petit moine.

Alors le singe s'assit en tailleur, ses yeux s'illuminèrent, puis son regard se perdit dans le vague, comme si son esprit remontait le temps. C'est là qu'il commença son incroyable histoire.

« C'était il y a bien, bien longtemps, un temps où les animaux parlaient et vivaient dans la sérénité sur terre. Mais il semble que ses occupants ne savaient pas s'en contenter…

Bien que chaque espèce luttait pour le pouvoir, Dieu, dans sa grande sagesse, avait par la nature limité leur force et leur intelligence respectives afin que chacun garde sa place et que règne la paix… Il avait également décidé que le lion d'Afrique serait le roi des animaux. Ce qui au début fit l'unanimité sur toute la terre. Il était majestueux avec sa grande crinière rousse et il en imposait avec son immense rugissement et ses grands crocs blancs qui brillaient au soleil.

Mais un jour, on ne sait trop d'où est venu le retournement de situation. Peut-être d'une coalition de prétendants au trône, peut-être de la lassitude et de l'usure du pouvoir ? Alors que durant des années nul ne se plaignit, tout à coup les animaux se détournèrent de leur guide, le trouvant assurément trop nonchalant pour un souverain digne de ce nom. Ensemble, ils gravirent la plus haute montagne de l'Himalaya pour aller s'adresser à Dieu :

"Dieu, vois qui tu nous as donné comme roi. Ce félin fainéant ne peut s'occuper de manière convenable de son peuple. Il passe son temps à dormir et à se prélasser au soleil. Donne-nous un souverain qui s'occupe mieux de nos affaires."

Dieu pensa qu'il avait peut être fait fausse route, car même Dieu peut se tromper. (" Ça c'est un scoop dans le scoop !" pensa le jeune moine.) Alors il intronisa le macaque qui prit immédiatement ses fonctions. Et Dieu partit se reposer, encore fatigué de la création terrestre.

Le macaque prit son rôle très au sérieux et se mit à crier et à s'affairer dans tous les sens, comme s'il y avait le feu à la planète. Rapidement, les animaux ne supportèrent plus cette mouche du coche toujours en train de se moquer, de critiquer et de hurler pour rien. Ils en appelèrent de nouveau à Dieu sur les cimes de l'Himalaya :

"Dieu, cela suffit ! Après ce fainéant de lion, tu nous envoies un excité de premier ordre, un énergumène bruyant qui n'a de cesse de nous déranger."

Dieu était un peu irrité du ton des animaux. Mais... bon. *"Nul n'est prophète en son propre royaume,* se dit-il (ce qui, au passage, lui donna l'idée d'inventer plus tard les prophètes). *Ils sont jeunes et ne maîtrisent pas leur fougue.* "

Il couronna la baleine, se disant qu'elle pourrait satisfaire tout le monde puis, repartit dans les nuages, pensant qu'enfin il aurait la paix.

La baleine brillait par son absence. Dans l'immensité de la mer, seuls quelques poissons la croisaient. Elle n'était ni trop bruyante, ni trop fainéante, ni trop excitée et ne mécontentait donc personne. Mais les animaux ne l'entendaient pas de cette oreille (d'ailleurs ils ne l'entendaient pas du tout). *"Où est donc notre roi ? Comment peut-il s'occuper de son peuple et le représenter si personne ne l'aperçoit ?"*

Les animaux allèrent à la rencontre de Dieu sur la montagne encore une fois :

"Seigneur, donne-nous un roi que nous puissions voir ! À quoi sert un roi invisible ?"

Et Dieu, un peu énervé, commença à se demander s'il trouverait un jour un suzerain qui plairait à tout le monde. Bien qu'indisposé par ces incessantes demandes, il couronna un roi bien visible. Le grand condor des Andes devait bien être suffisamment apparent du haut des cieux. Il dominerait toutes les vallées de son majestueux vol, et son envergure en imposerait. Pour quelques temps, le calme revint. Les animaux étaient fiers de leur roi au port altier, et il leur suffisait de regarder le ciel pour l'apercevoir et se sentir en sécurité.

Mais, le grand condor ne se posait jamais dans les vallées. Sa vie se déroulait dans les hauteurs célestes et les animaux se sentirent bientôt délaissés. Alors ils repartirent à l'ascension de l'Himalaya parler à Dieu :

"Comment veux-tu que cet oiseau si haut perché se penche sur nos problèmes comme se doit de le faire notre souverain ? Que voit-il de nos soucis du haut de sa tour d'ivoire ?"

Dieu, fatigué et à présent très agacé d'être dérangé à tout moment par ces animaux déchaînés qu'il avait créés et qui le tançaient sans respect, dut se contrôler pour garder son sang-froid. Il se reprit et nomma le rat au poste suprême.

Et le rat remplit sa fonction du mieux qu'il put. Il était proche des animaux. Intelligent et d'une compagnie agréable, il pourvoyait à leurs besoins lorsqu'ils étaient en difficulté. Toutefois, la bête, très prudente, se cachait au moindre bruit pour reparaître quelques minutes après.

Les animaux, pour qui le roi devait avoir toutes les qualités, ne tardèrent pas à remarquer ce trait de caractère peu flatteur. Et sur cette montagne désormais célèbre, les animaux réclamèrent à nouveau l'aide de Dieu :

"Dieu ! Comment oses-tu nous donner un lâche comme roi ! Comment cette créature inspirera-t-elle le respect à son peuple si elle fuit plus vite que le vent dès qu'un danger se profile à l'horizon ?"

Alors, Dieu, excédé, courroucé, hors de lui, créa l'homme et le couronna roi.

Le temps passa. L'homme chassa les animaux, tout d'abord pour manger et se vêtir. Puis, il se multiplia et réduisit bon nombre d'entre eux en esclavage. Il les élevait pour son plaisir, pour leur chair, ou les faisait travailler aux champs ou dans les carrières jusqu'à épuisement. Enfin, en quelques milliers d'années, il s'étendit sur toute la surface du globe, envahissant tous les écosystèmes et empoisonnant les habitats de tous les animaux avec des produits toxiques qu'il disséminait dans la nature. Les animaux atterrés en perdirent leur langue et Dieu ne fut jamais plus dérangé !

L'homme, petit moine, c'est le fléau de Dieu !

– Alors, c'est ça la raison de vivre de l'homme ? »

Le petit moine, aussi sage qu'il était, ressentit une grande déception. Ne souhaitons-nous pas tous connaître le sens de notre vie ? Et chacun de nous n'espère-t-il pas secrètement que le rôle de son espèce sur terre soit estimable et louable ?

Voyant sa tristesse, le vieux singe poursuivit :

« Dieu crée les animaux mais ne les contrôle pas. Cette histoire en est la preuve. Peut-être y a-t-il encore de l'espoir ? L'homme saura peut-être un jour prendre en main son destin ? »

Ce soir-là, le maître du petit moine, qui l'attendait au monastère, vit rentrer son disciple le visage grave, les larmes aux yeux, plein d'amertume. Le Saint homme n'osa pas lui demander ce qui l'avait boulversé à ce point...

◊

On entendait au loin la dernière pierre perdre de la vitesse et le son s'estomper, lorsque le druide s'arrêta de conter son histoire. Il s'en suivit un long silence, comme si chacun de nous avait besoin de rassembler ses pensées pour digérer toutes les informations enregistrées…

Mais mon esprit se détournait déjà des récits de la journée pour se fixer sur les pierres. Elles me fascinaient et m'attiraient irrésistiblement, tant par leur étrangeté que par la science qu'elles contenaient. Elles étaient le savoir, donc le pouvoir, ainsi que la promesse de la réalisation de mes rêves les plus fous. Je m'imaginais déjà, distillant à la plèbe assoiffée de connaissances, quelque information de première importance en me faisant grassement rémunérer tout en forçant l'admiration du plus grand nombre.

Cette nuit-là, nous devions dormir dans la caverne. Vers minuit, après un bon repas de viandes grillées, tout le monde était fatigué de sa journée et personne ne se fit prier pour aller se coucher dans un coin de la grotte. Je choisis de m'allonger près du feu, à quelques pas d'une jarre tellement remplie de pierres qu'elle en débordait. Tout en essayant de trouver le sommeil, je regardais fixement les cailloux, du dessous de ma couverture…

Ils m'hypnotisaient, comme l'insecte de nuit attiré irrémédiablement par la lumière de la lampe. Impossible de concentrer mon esprit sur autre chose. En posséder une devenait une idée fixe. Je ne me contrôlais plus ! Du fantasme à la réalité, il n'y avait qu'un pas. Les pierres étaient là, tout près ! Personne ne les surveillait !

Lorsque le druide fut couché, mon esprit s'enfiévra jusqu'à ce que je ne puisse plus fermer l'œil. Elles m'obsédaient, elles me narguaient, là, à trois mètres, dans leurs jarres évasées, sans personne pour les garder. N'y tenant plus, j'en volais quelques-unes à la faveur de la nuit, pendant que tous les autres enfants dormaient.

Au matin, lorsque je me levai, une pierre tomba de ma poche sur le sol dur de la caverne. Je l'arrêtai immédiatement avec mon pied mais il était trop tard. L'oreille exercée du druide ne s'y trompa pas. Il reconnaissait les paroles, même brèves, d'une pierre taillée et faisait la différence avec un simple caillou jeté à terre. Il me regarda droit dans les yeux, comme s'il scrutait mon âme, et me tendit la main sans mot dire pour que je rende les objets dérobés. Ce que je fis, tout penaud et honteux devant mes camarades.

Mais là, le druide eut une réaction qui me marqua à jamais. Il prit les trois morceaux de roche, furieux. Il se détourna de moi, puis se ravisant, il revint et me tendit l'un des cailloux que j'avais volés.

« Tiens, me dit-il, voilà une pierre gravée. Garde-là et tu te souviendras qu'un livre n'est rien pour un illettré. On ne vole pas le savoir, on l'apprend. Et je ne t'apprendrai jamais à interpréter le chant des pierres. La connaissance est dans le travail, pas dans l'objet qui la porte. »

Cette pierre, toute ma vie j'ai cherché à décrypter son secret. Je n'ai jamais réussi, mais j'ai fait de fantastiques découvertes en essayant de la traduire. C'était ma pierre philosophale[10]. En faisant des recherches pour essayer d'interpréter ses signes, j'ai transcrit d'autres anciens langages. Grâce à moi, un nombre incommensurable de connaissances scientifiques ont été redécouvertes. Je suis devenu docteur es-sciences à la faculté de New Parisii, notre capitale.

Toute ma vie de chercheur s'était articulée autour de l'interprétation de cette pierre. J'aurais voulu retourner voir le druide pour lui montrer que j'avais compris la leçon et passé son épreuve avec succès. Je repensais toujours à mon larcin dans la grotte. C'était comme une blessure qui jamais ne se refermait.

Mais la langue des pierres se composait d'une myriade de dialectes et celui qui s'appliquait à mon caillou me restait hermétique.

---

[10] La pierre philosophale et la création d'or par transmutation d'autres métaux ont été longtemps le Saint Graal des alchimistes. Grâce aux tentatives infructueuses pour fabriquer le métal précieux, ils découvrirent de nombreux principes chimiques et la science fit de grandes avancées.

Récemment, le druide me fit appeler. Il était malade. Je revins le voir à l'automne de sa vie. La mort dans l'âme, je pensais que j'avais échoué. Ma seule chance de me racheter de mon erreur passée s'évanouissait avec son prochain décès. Mais j'étais vraiment très heureux de recevoir une invitation du vieil homme, et plus étonné encore qu'il se souvienne de moi. Je m'empressai de partir pour le retrouver. Le temps était compté.

La route fut longue pour voyager de la capitale à la petite ville où je suis né. A contrario, le chemin de montagne qui séparait le village de la grotte me sembla plus court que dans mes souvenirs.

Le druide, qui m'apparaissait si imposant dans ma jeunesse, n'était plus qu'un petit homme courbé et chétif. Il toussait et sa voix était devenue fluette.

Je m'approchai de lui respectueusement. Il était allongé dans un coin de la caverne, sur un lit de paille, près d'un feu asthmatique. Il n'était plus que l'ombre de lui-même, mais ses yeux étaient toujours aussi vifs et pétillants. Il me demanda :

« Alors, as-tu pu déchiffrer la signification de la pierre ?

– Non, je m'en veux, je n'ai pas réussi... Aucune idée...

– Eh bien c'est normal, répondit le vieil homme, un sourire au coin des lèvres. Ce n'était qu'un vulgaire galet ramassé à la sauvette que je t'avais tendu. J'avais gardé les vraies pierres gravées dans ma poche. Alors, as-tu appris ?... Parfois, on trouve juste parce que l'on cherche... »